SUDÁRIO

Guiomar de Grammont

Sudário

O FRUTO DO VOSSO VENTRE

E OUTROS CONTOS INÉDITOS

Ateliê Editorial

Copyright © 2006 by Guiomar de Grammont

Direitos reservados e protegidos pela Lei 9.610 de 19.02.1998.
É proibida a reprodução total ou parcial sem autorização, por escrito, da editora.

Dados Internacionais de Catalogação na Publicação (CIP)
(Câmara Brasileira do Livro, SP, Brasil)

Grammont, Guiomar de
    Sudário: o fruto do vosso ventre e outros contos inéditos / Guiomar de Grammont. – Cotia, SP: Ateliê Editorial, 2006.

ISBN 85-7480-330-8

1. Contos brasileiros I. Título.

06-7676   CDD-869.93

Índices para catálogo sistemático:
1. Contos: Literatura brasileira   869.93

Direitos reservados à
ATELIÊ EDITORIAL
Estrada da Aldeia de Carapicuíba, 897
06709-300 – Cotia – São Paulo
Telefax: (11) 4612-9666
www.atelie.com.br
atelieeditorial@terra.com.br

Printed in Brazil   2006
Foi feito depósito legal

Sumário

Apresentação – *Anderson Fortes de Almeida* 7

O Fruto do Vosso Ventre

O Diário de Medéia............................... 13
Os Vampiros...................................... 17
Corpo e Sangue.................................. 23
O Castigo... 29
A Viagem... 35
O Orgasmo....................................... 39
O Tempo.. 47
A Górgona.. 53
Mortalhas... 57
O Fruto do Vosso Ventre......................... 65

Outros Contos Inéditos: 1994-2002

Sudário 79
Confissões da Sedutora 85
Glória 89
A Posse 99
O Jogo 103
O Piano e o Violino 109
O Jantar 113
Reencontro 119
Lúcifer 123

Apresentação[*]

A boa leitura, a leitura prazerosa, tem sido muitas vezes identificada como aquela que produz um choque, um sobressalto, frutos de uma revelação súbita: uma epifania. Ao lermos estes contos de Guiomar de Grammont, nossa sensibilidade, comprimida entre um consumismo fácil e um academicismo distante, tem de se readaptar à força com que neles a vida se revela. E um mundo todo vivo tem a força de um inferno, diz um personagem de Clarice Lispector. O impacto da literatura de Guiomar deriva precisamente de "uma descida aos infernos", de um retorno às origens, ao magma do inconsciente, às trevas primeiras onde os opostos se anulam. Dante, experimentado viajante desses mundos inferiores e de outros mais altos, pôs no pórtico infernal uma inscrição aconselhando a deixar toda esperança os que ali adentrassem. Semelhante-

[*] Publicada na edição original de *O Fruto do Vosso Ventre*.

mente, o leitor aqui deve abandonar a confortável condição de diletante e aceitar temporariamente o papel de neófito, perplexo mas fascinado diante de um mundo que se mostra na luz crua da tragédia.

Pois é do trágico que estes contos falam. Corpo de Cristo, Sangue de Dioníso. E se o corpo destas narrativas se constitui com a matéria pobre do cotidiano, nas antiperipécias de mulheres provincianas, donas de casa, professores universitários mais ou menos amorfos, o seu sangue brota das fontes da tragédia clássica: catarse e celebração.

O erótico se faz, como nas origens, cadinho das transformações, trampolim para o autoconhecimento. Nele tudo se funde e se depura. Tudo converge para o limite, para o desmascaramento, para o êxtase. Daí a crise, o desmonte dos personagens, a ironia persistente com que estes se fustigam em busca de sínteses mais satisfatórias. Daí também a presença obsedante da mulher, mulher-esfinge, espelho que convida à introspecção. Com estes contos Guiomar paga um tributo a Dioníso, o deus nascido de uma carne mortal, votada à dissolução, o deus das metamorfoses e transformações, o deus da vida.

Anderson Fortes de Almeida

PREMIO CASA DE LAS AMERICAS 1·9·9·3

ACTA

En la ciudad de La Habana, a los 5 días del mes de febrero de 1993, reunido en la Casa de las Américas el jurado del Premio 1993 correspondiente a la categoría de LITERATURA BRASILEÑA (CUENTO Y POESIA), integrado por Davi Arrigucci Junior, Silviano Santiago y Trinidad Pérez Valdés, después de haber dado lectura y discutido ampliamente los trabajos presentados, acordó:

PRIMERO: Otorgar, por mayoría, el Premio Casa a la obra:

O FRUTO DE VOSSO VENTRE, de Guiomar de Grammont.

SEGUNDO: El jurado fundamenta su fallo en las siguientes consideraciones:

Entre los finalistas del Premio Literario Casa de las Américas en la categoría de literatura brasileña (cuento y poesía) prevaleció el libro O fruto de vosso ventre, de Guiomar de Grammont.

Este texto contiene relatos que nos revelan las cualidades de una nueva y promisoria voz femenina en el panorama actual de las letras brasileñas. En O fruto de vosso ventre surge, con extraordinario vigor, un universo de ficción de notable y compleja energía dramática expresado a través de un lenguaje seco y conciso.

A la contundencia de los temas -a veces de una crudeza despiadada- se une un apreciable dominio de la técnica del relato corto.

Mediante personajes que enfrentan las asechanzas de la vida, de lo cotidiano, se dramatiza con sagacidad un sentido de desintegración de las relaciones familiares y amorosas como síntoma de la pérdida esencial de valores humanos verdaderos y de un desgarramiento que alcanza lo trágico.

Bajo la mirada lúcida de la narradora, el éxtasis amoroso se transforma en muerte, en autodestrucción, y una patética poesía se desprende de los cuerpos que en vano buscan una unidad tal vez irrecuperable.

O fruto de vosso ventre, es, pues, por su audacia insospechada, una nueva y sensible contribución a la imaginación creadora latinoamericana de estos tiempos.

_____ _____
Davi Arrigucci Junior   Silviano Santiago
   (Brasil)   (Brasil)

_____
Trinidad Pérez Valdés
       (Cuba)

Ata*

"*[...]*
Este texto contém relatos que nos revelam as qualidades de uma nova e promissora voz feminina no panorama atual das letras brasileiras. Em O Fruto do Vosso Ventre *surge, com extraordinário vigor, um universo de ficção de notável e complexa energia dramática expresso através de uma linguagem seca e concisa.*

À contundência dos temas – às vezes de uma crueza desapiedada – se une um apreciável domínio da técnica do relato curto.

Mediante personagens que enfrentam as desditas da vida, do quotidiano, se dramatiza com sagacidade um sentido de desintegração das relações familiares e amorosas como sintoma da perda essencial dos valores humanos verdadeiros e de um desgarramento que alcança o trágico.

Sob o olhar lúcido da narradora, o êxtase amoroso se transforma em morte, em autodestruição, e uma patética poesia se desprende dos corpos que em vão buscam uma unidade talvez irrecuperável.

O Fruto do Vosso Ventre é, pois, por sua audácia insuspeita, uma nova e sensível contribuição à imaginação criadora latino-americana de nossos tempos."

Davi Arrigucci Júnior,
Silviano Santiago e Trinidad Pérez Valdés

---

* Depoimento dos três jurados na ata do Prêmio Casa de Las Américas.

O Fruto do Vosso Ventre

O Diário de Medéia

Devo começar por meu nome, porque é a coisa que menos importa, se é que algo importa. Meu nome é Isaura, tive amantes, tenho filhos, tenho um homem. Às vezes odeio a todos.

Fabrico poções para matá-los, como Medéia traída, mas sou eu quem trai. Ou seria um sonho? Mas quem pode dizer a diferença entre realidade e sonho? Agora mesmo, à luz da lua, as baratas saem de suas tocas sujas, as bruxas murmuram e os espíritos rondam pelo ar. Amo demais e devoro... Esfinge geratriz. Não sei o que é pior: amar demais ou odiar.

Amanhã faço café, arrumo as camas e saio. Trabalho como todas as mulheres classe média do meu tempo. Quero que se fodam os políticos. Tenho raiva de viver em um tempo em que não há mais terrorismo, porque queria matar todos com as balas quentes da minha decepção. Bato uma máquina fedorenta, vou para a cama com o meu chefe todas as sextas-feiras.

Aos sábados, meu marido trepa em mim como um porco, então solto a puta que há em mim. Quando não consigo gozar vou para o banheiro e me masturbo. Fico de mau humor o dia inteiro quando os meninos batem na porta e interrompem.

Tive boa educação. Na infância me impediam de dizer palavrões, obrigavam-me a ficar de pernas fechadas para ocultar meu sexo. Foi assim, pernas apertadas, que descobri o prazer, o gozo. Sozinha, autofágica.

Ele acorda, trepamos. Tenho vontade de queimar sutiãs em praças públicas, sinto-me um reservatório de leite e de porra. Depois vomito tudo e tenho desprezo pelas feministas e suas lutas ridículas. Que posso fazer, se o que queria era trepar com o aturdido Marcello de Cidade das Mulheres e deixá-lo me esquartejar toda?

Temos um carro usado, compramos a casa a prestação, contribuo em todas as contas, vamos à praia duas vezes por ano passar quinze dias em uma casa emprestada por parentes. Tenho amigos que vêm jogar baralho.

Tenho saudade da faculdade, o cheiro de maconha me fissura, mas outro dia dei uns tapas no menino mais velho porque achei uma ponta no caderno dele. Eu disse assim: – Vou contar pro teu pai.

Penso em separar todo o tempo, acho que o amor não existe, é coisa de novelas. Mas o que me mata é esse maldito "acho". Por que a merda dessa ilusão guardada que ainda ataca as mulheres? No fundo sou carne da minha mãe e da minha avó e assim por diante.

Tenho um analista e estou naquela fase em que se morre de vontade de foder com ele. Tenho raiva dele, pago as consultas todas as sessões porque todo mundo faz isso. Saio duvidando se a doença do mundo não é essa maldita análise: pagar para ser importante para alguém por uma hora. Eu precisava de um analista para escapar do vício da análise.

Não sei qual delas odeio mais, a minha sogra ou a minha mãe. A minha sogra por causa da sua ligação torpe e nojenta com aquele idiota que ela transforma em Deus. A minha mãe porque... deixa pra lá, preciso de mais sessões de análise para falar sobre isso.

Somos estranhos um para o outro. Não compreendo as contas que ele faz, mesmo quando os números me asfixiam.

Falamos de tudo e de nada.

Um dia ele foi... faz tanto tempo que eu esqueci.

Eu li muito no ginásio. Ninguém fazia isso, mas eu gostava de fugir da porcaria deste mundo. Fiz faculdade, fui professora dois anos, passei fome, me enchi dessas coisas que falam de nada e coisa nenhuma. Tenho asco por todos estes que fingem escrever e acham que vão se transformar em alguma coisa na vida. Mesmo assim, de vez em quando, rabisco papéis onde não me reconheço e, se acreditasse nisso, diria que são ditados do além.

No tempo das guerrilhas, eu era moça de família, idiota e bem comportada. Às vezes fico pensando se a absurda vontade de matar não é vontade de morrer. Mas sou muito ridícula até para a morte, medrosa e boba e adoro ir ao clube aos domingos falar do último capítulo da novela.

Dormi com o marido da minha melhor amiga, acho que ela já dormiu com o meu. Podíamos fazer uma festinha, os quatro, mas somos babacas demais, mesmo para algo assim. Outro dia, vi umas manchas no meu braço, achei que era AIDS. Peguei o carro para ir ao médico, mas no caminho encontrei (num sinal vermelho) um velho amigo. Lanchamos e fomos para o motel. Gozei até me sair porra pelas orelhas. As manchas sumiram dali a um mês.

Fiquei grávida. Já fiz dois abortos. Tenho três filhos. Este agora, não sei de quem é. Estou indo fazer outro aborto, mas tenho trinta e sete anos – fui hippie um pouco tardia – quem sabe não é a última vez? Que me importa, todas as mulheres detestam ter filhos. Vou no carro repetindo e me convenço. Sempre é a mesma amiga que vai comigo. Estou cheia, mas antes isso do que menopausa.

Apesar de tudo, para que sofrer com a menopausa? Penso assim porque ela não chegou? Talvez. Por enquanto vivo, essa vida de merda, mas toda vida é merda e, por sorte, em breves milhares de anos essa espécie se terá extinguido.

Os Vampiros

Eu e esse amigo nos conhecemos desde os tempos da faculdade. Acho que já fomos amantes em algum tempo. Não tenho certeza. Hoje ele é casado, três filhos e... diversas relações esporádicas que administra como pode. Quando éramos amantes... (ou isso terá se passado com uma amiga?) ele costumava marcar com uma intensidade incomum sua incapacidade de amar outra mulher que não a sua própria. Entre uma transa e outra, costumava dizer com uma ênfase quase patética: "Eu amo Márcia!" A sua mulher, naturalmente.

Tanto medo da paixão, da entrega, tornou-o um pouco cínico, muito céptico em relação à existência, enfim, um produto já decadente do nosso fim de século.

Vivemos juntos a repressão, a crença cega no marxismo, a contracultura, a maconha e a pílula. E, sobretudo agora, o tempo em que essas coisas ficaram no passado.

Somos obsoletos professores universitários. Eu faço atualmente uma dissertação (já ultrapassada desde que nasceu) sobre o conceito hegeliano. Tenho certeza que fazer uma tese sobre o sutiã da Marilyn Monroe seria mais interessante.

Somos especialistas em pequenas falcatruas universitárias. Fazemos várias comunicações do mesmo trabalho com títulos diferentes para engrossar nossos magros currículos e, quando estamos "duros", formamos uma bela equipe que produz inócuas teses ou artigos para amigos necessitados.

Costumamos rir juntos de nossa incompetência tanto de sermos geniais como de sermos idiotas, tanto "normais" como "anormais": vivemos em ziguezague sobre os trilhos, mas não saímos deles. No fundo é um riso trágico, porque a pouca consciência que temos só nos serve para conhecermos nossa desgraça de seres noturnos.

Andamos à caça de vitimas. Eu escolho as mais inocentes. Os recém-saídos dos cueiros, loucos por uma mãe amante que os inicie nos prazeres do intelecto e da carne. Ele é um sátiro, tarado por balzaquianas, sofre de uma maldição edipiana não muito incomum. Tem diversas táticas para aprisionar as mulheres e manter incólume sua reputação. Quando alguém tenta testá-lo, por exemplo, costuma dizer: "Fulana?..." "Ah, sei. Aquela magra?" Ele chama este artifício de "aludir para iludir", um uso empírico muito eficaz de uma máxima de Althusser, eu creio.

Vivemos em meio a jogos. A vida tornou-se uma partida perigosa, na qual, de tanto lidar intelectualmente com essências, nós as perdemos. Tornamo-nos, sem perceber, peças descartáveis do próprio jogo que criamos.

Quando soltamos nossas presas, em geral, acabamos por transformá-las também em vampiros, inoculando-lhes o veneno da dúvida, da análise, do questionamento. Tornam-se daí em diante incapazes de viver o simples prazer com a existência. Uma vez tomados pela doença epidêmica de Descartes, estão praticamente perdidos, porque a cura, quando existe, é difícil, os antídotos são raros e não estão à venda em qualquer mercado.

Os sintomas começam pela perda dos sentidos, que acabam automaticamente por desaparecer quando o doente passa a duvidar da realidade deles. Depois o enfermo começa a ter perturbações psicológicas, surge um sentimento infundado de superioridade. Privado dos sentidos, começa a pensar que vê e percebe mais do que a maior parte das pessoas. Ainda assim, poucos são capazes de transformar essa pretensão em juízos próprios. As contradições sintomáticas não terminam aí: vários tornam-se incapazes de formular qualquer raciocínio original. Caem em uma compulsão à repetição sistemática, em uma epigonia crônica, cada vez mais certos de que exprimem idéias próprias.

O último estádio, finalmente, é a sede. Uma sede implacável daquilo que começa a lhes faltar: vida, sentimentos, um saber palpável. Essa sede desesperada é o que mais inspira a misericórdia, pois, nesse ponto da enfermidade, o doente termina por julgar tudo que o cerca, até a si mesmo, puras abstrações. Torna-se, então, sem remédio, um morto-vivo. Sua única saída é a hematofagia: alimentar-se da vitalidade de outros seres, dos quais suga todo o sangue, transformando-os em outros vampiros.

Formamos uma confraria cheia de conflitos internos que, embora seja uma parte mínima do mundo, julga constituí-lo inteiro. Em um ou outro membro conseguimos encontrar lealdade. Como eu e meu amigo, que nos apoiamos mutuamente.

Embora recuse admitir, meu amigo crê que todas as mulheres são ou putas ou santas, e é preciso perdoar-lhe essa tolice, afinal é louco por mulheres. Em uma curiosidade insaciável, morre por conhecê-las, mas não lhe é possível, tanto temor ele tem de amar. Tememos sempre o que desconhecemos, as forças que não conseguimos dominar com nossa racionalidade vampiresca. Evidentemente, isso é uma decorrência do sintoma de superioridade. Não conseguimos suportar nada que não possamos explicar, então nos refugiamos nos mesmos lugares-comuns que vivemos tentando criticar. Mas conhecer é amar, e essa máxima faz pensar que deve haver alguma verdade nos lugares-comuns. Eu amei. Eu sei.

Estamos na cantina da universidade. Há outras mulheres que nos observam. Meu amigo é um homem e isso basta. Uma mesa, copos de plástico, restos de Coca-Cola. O esqueleto do prédio é aparente, tubos de um forte laranja, raios X congelados no espaço. A luz é diurna, devassadora. Apesar disso, nossa conversa se incendeia. Ele pergunta:– Já aconteceu sentir-se atraída por alguém que não verá mais?

Páro um pouco para pensar. Penso em inventar uma história para distraí-lo, ou colorir com novos detalhes uma outra já contada. Ele continua:

– Eu as vejo, às vezes. Vêm de outra cidade, de ônibus. Faxineiras, garçonetes... (olha em torno) sou capturado por elas.
– Continua, íntimo, voz de veludo: – eu a rapto, sem muita conversa, vamos para a cama, uma única vez. Depois, deixo-a em uma estação de metrô. Ela está incomodada no carro, o assento macio parece machucar suas costas. Dou-lhe um beijo. Ela cheira forte a suor. Não ousa perguntar nada sobre mim, não digo nada. Nunca mais a vejo ou, se vejo, não vejo. Já te aconteceu algo assim? O funcionário do posto, um menino que vende sorvetes, esbanjando virilidade, ou...

– Está bem, vou contar. Eu era muito mais jovem. Quando nós estudávamos, lembra? Não sei para onde ia... ao banco, ou à faculdade. Lembro que estava mal vestida, uma calça velha, meio rasgada, uma camiseta. Abstraída da minha condição feminina. Talvez por isso tenha acontecido de forma tão natural. Ele sentou-se ao meu lado no ônibus. O macacão sujo de graxa,

o peito aberto. Era jovem, quase imberbe, me olhou sem interesse. Depois de alguns minutos, perguntou a hora, ou qualquer coisa sobre o tempo. Continuamos em silêncio. O cheiro dele era forte e me atraía, eu sentia a coxa dura encostada na minha. Meu ponto passou, e outro e outro. Não fiquei ali só por atração física, mas por inércia, preguiça. Era um daqueles dias cinzas, o mormaço tomava os corpos. Ele se levantou. Eu o segui, maquinalmente. Quando ele passou pela roleta, meu olhar apanhou, indiscreto, o peito musculoso, em um lance rápido, pela fenda do macacão. Ele notou. Olhou para mim de cima até em baixo, me avaliando sem constrangimento. Era mulato, o cabelo crespo, os traços fortes, sensuais, os olhos brilhantes e o queixo orgulhoso. Havia algo de irascível nele. Um homem capaz de matar. Eu devo ter sorrido, ou qualquer coisa assim, que o encorajou. Perguntou abrupto:
– Quer vir comigo?
– Para onde? – eu disse meio ao acaso.
– Pr'uma rinha de galo. Fui. Lembro gritos e sangue. Esporas enterradas: unhas? Eu já tinha aversão naquela época por essas coisas, tinha até idéias ecológicas, antes de estar na moda. Lá virei um bicho. Queria se matassem, se estraçalhassem. Sentia-me em uma arena romana e não faria diferença se não fossem galos, mas homens. Ele me abraçou por trás esfregando-se em mim. As veias do meu pescoço dilatavam-se, minha vulva pulsava, as unhas marcavam as palmas das minhas mãos cerradas. Eu gritava até ficar rouca, e hoje me assusta aquela fúria animal que transbordava com violência, arrebentando os diques de toda moralidade, toda razão. Em um boteco, ele engoliu de um trago uma pinga turva. O copo estava sujo. Então me agarrou e meteu a língua na minha boca, o gosto da pinga me queimou por dentro. Havia outros homens lá que gozavam a cena.

Eu ardia de desejo, levei-o para a casa de uma amiga que viajara. Fizemos um amor selvagem durante toda a tarde. Um amor perigoso, próximo da morte. Como se fôssemos nos fundir um no outro.

Ele era sensível, entregava-se inteiro. Dizia coisas profundas de um modo simples. À noite levou-me até o ônibus. Não permiti fosse à minha casa. Ele disse onde trabalhava, marcou encontro para o dia seguinte. Pelo vidro eu o vi sorrindo, o macacão semi-aberto deixava ver o peito largo. É *in vitro* a imagem que guardo da experiência em que estive mais próxima da vida. Não o procurei, nunca mais o vi.

Meu amigo ficou quieto um instante, silencioso, aninhado em si mesmo. Um urso adormecido. Rápido, recuperou-se e comentou, com acento irônico:

– Então você desperdiçou a chance de encontrar a outra face, de parar de pôr as coisas no tubo de ensaio...

– Talvez.

Talvez essa história tenha acontecido, talvez não. Quem sabe, apenas uma fantasia, indício de uma chama que teima não apagar. Lembrar é criar, e até as nostalgias, nós, vampiros, sabemos, são ilusórias.

Talvez, não sei. O que sei é que fui para casa andando na chuva, as mãos no bolso do meu casaco cinza, largas abas que me protegem.

Corpo e Sangue

On sait qu'il existe des insects qui meurent au moment de la fécondation, ainsi en est-il de toute joie: le moment de la juissance suprême, le plus riche de la vie, est frère de la mort.

KIERKEGAARD, *Diapsalmata*.

Eu abria as pernas e dizia: "Me coma, me coma". Quando o fazia, na verdade, sabia sempre que era eu quem o devorava, apertava-o entre as minhas coxas, com muita força, até doer. Eu era uma pira incandescente. Ele era consumido pelas labaredas. Nunca via os olhos dele nesse momento. Eu nunca via. Ele não permitia. Eu chamava: "Menino... menino..." Deitava a cabeça dele entre meus seios murchos e metia meus dedos pelos cabelos encaracolados. Onde? Onde?
Um dia perguntei:
– Como você se chama mesmo?
– Continua me chamando de menino. – Ele disse, lacônico. – Eu gosto. – E meteu em mim o pau lacônico. Silêncio.
Não. Eu não gozava sempre. Eu gemia e mordia, falsa como as mulheres sabem ser. E o olhava com o rabo do olho. O corpo nu, as gotas de suor a formar riachos sob as duras colinas de músculos retesados.

Minha tocha olímpica.

Sou tua pitonisa. Olha o que te predigo: vais conhecer uma mulher, tua mãe-puta, e ela vai te devorar e te matar. Vai roubar toda tua virilidade e te matar.

* * *

Manchas roxas no corpo dela, Leon. No quarto, uma pia branca, um lavatório sujo. A água pingava, pingava. Era a única coisa branca, tudo o mais esgoto, cor de viela escura. Roupas pelo chão, livros em pilhas, papéis. Tudo é feio, ela é feia, mas não posso ir embora, não posso. De cada vez volto e volto e volto outras mais. Me abandono.

Às vezes tenho horror, Leon. Escuto e acho que há animais rastejantes sobre a cama. Eu vou pro chão e olho e rastejo e olho. No chão úmido, imundo, vejo: sou eu, sou eu que rastejo.

Eu a odeio. Odeio cada vez mais, quanto mais sinto que ela me possui.

Quando a encontrei, estava me procurando.

Eu e você tínhamos feito amor, transar com um homem foi como transar comigo mesmo. Um espelho. As mulheres me dão terror. Com você não tenho medo, Leon. Não posso ter medo do que está perto de mim.

– Como ela é? A pele branca, macilenta, o cabelo preto, gorduroso. Ela parece com... não, acho que não. Olha que gozado, toda vez que eu ligo para ela, disco errado, sabia? Disco errado. Ligo para casa de novo: "Quem está falando? quem, quem?" Como se eu quisesse falar comigo! Um dia liguei da rua: minha mãe atendeu.

* * *

Ele está tão estranho... tão longe! De pequeno eu o apertava entre meus seios e deixava minha mão deslizar pelos cachos dos cabelos. Eu o conhecia. Que há com ele? Você sabe? Me diz, tá se metendo com drogas? Ah, menino, eu te mato, eu te mato, eu te amo. Namorada ele não tem, eu sei. Ele é só um menino! Mal tem pêlo ainda! Anda quieto, tristonho... Tão longe! Um estranho... de pequeno eu o apertava entre os seios e quando ele sugava meu leite, me subia um fogo e queimava e eu virava uma fogueira fogo santo fogo de mãe que ama: mãe!

* * *

Você tem ciúmes, meu querido Leon? Não tenha, por favor, não tenha. Por você eu tenho amor, ela... ela é uma obsessão. Um quarto escuro dentro de mim. Um mistério. Preciso encontrar a chave, preciso. Não consigo.

Tenho atração e repulsa, terror e desejo.

Um dia sonhei que corria, corria. Muitas mulheres corriam atrás de mim, brandiam no ar garfos e facas. Tridentes diabólicos. Estava escuro. Um beco sombrio, eu não via seus rostos. Tinha medo. Súbito: uma parede. Parede na frente. Paredes dos lados. Paredes, redes.

Olhei para trás e vi as mulheres. Os rostos, os dentes, ferozes. Eram cópias, cópias da minha mãe. Milhares de mães enlouquecidas. Então o rosto da mãe e o rosto dela se confundiam. O mesmo rosto, Leon, o mesmo! Acordei gritando, o suor molhava todo meu corpo.

Eu te amo, meu pequeno leão. Você é minha paz, meu calor.

* * *

Hoje vens, hoje, mais uma vez, vens. Quando não vens sou morte, carvão de pira funerária. Quando vens, o lume do teu corpo incendeia o negro e descubro a vida.

Conheço e conheço: a única realidade é o sexo – tua, minha animalidade. Perdi as palavras, perdi. Quem eu era? Antes, quem era? Lembro corredores, vozes, sons de ensurdecer. Galerias de catacumbas.

Cheiros nauseabundos emanam, e vejo então que somos somente corpos que se devoram. Não és o único. Não vês meu corpo usado, surrado? Quantos vêm antes de ti. Quantos virão. Sou fonte de vida, morte, vida, morte.

* * *

Hoje eu o segui. É meu direito de mãe. Eu precisava saber, precisava! Esperei que ele saísse. Meu Deus, que lugar! Esperei tanto tempo, tanta dor! Quando ele saiu, fui lá. Encarei-a frente a frente. Pedi que ela o deixasse. Ele é só um menino! Implorei. A princípio, ela se perturbou. É uma mulher estudada, você devia ver, não é uma puta qualquer. Depois começou a rir, escarneceu de mim, mostrou os peitos de bicos escuros, usados por tantos homens, e disse: "Está vendo? Está? É aqui que mama o seu filho!".

Eu chorei, corri, chorei, corri, chorei, chorei.

* * *

Leon, meu amor, não estou bem. Minha mãe esteve lá, descobriu tudo. Não posso mais continuar com aquela mulher. Vou abandonar as duas, meu Leon. Assim que for possível, vou me juntar a você. Estou sufocado dentro de um quarto escuro, fechado, com cheiros que me entorpecem, me roubam a ação. O ópio em meu corpo. Só quero dormir, dormir. Busco respostas, mas é em vão. Em vão. Tenho medo de não conseguir me libertar delas. No fundo sei que os seios dela são o único travesseiro que desejo.

Perdoa-me, Leãozinho. Sei que a vida é a macia força viril que sinto, quando toco a superfície da sua pele. Só contigo, meu Leon, me senti livre, pleno, inteiro. Então, porque não dou conta de me libertar, por quê? Por favor, tem paciência com este que te ama mais do que a si mesmo.

* * *

Vem, me rasga, assim. Meu sexo é uma boca enorme que te engole todo. Teu pênis vermelho, pulsante, penetra todas as minhas cavidades. Engasgo, como se fosses sair pela minha boca. Sinto tua espada cortar meu peito, me decepar por dentro. Agora. O momento é agora. Como és belo. Como serás belo. Vou te possuir todo. A morte te unirá a mim. Sou viúva de ti, ardo na mesma chama... Agora! Ah!...

* * *

– Aaahhhrrrrr...!

* * *

Por que me olhas tão surpreso? Quase incrédulo... não sabias? Desde o primeiro momento, Não sabias? Teus olhos vítreos indagam. O sangue e os sucos do sexo se misturam. Lambuzam tua pele glabra, clara. Menino lua. Perdoa-me. Quis dar-te a felicidade suprema, o gozo infindo.

Devoro-te, mordo. Começo pelos pés crucificados. Tiro nacos da tua pele branca. Chupo o sangue quente dos dedos já transparentes. Engulo de um só gole teu sexo ainda pulsante, o sangue quente jorra. Um talho, abro teu peito. O coração pulsa em minha mão. Teu sexo-coração. Teu ser vermelho, teu sangue. Mordo. Teu ser, teu sangue.

Sou tua ama, dona, madona.

Tomo. És a hóstia que me purga de todos os meus pecados. Amém. Amém.

Quis dar-te tudo. Funde-te a mim. Volta a meu seio como voltarias à terra de onde vieste, ao ventre de onde nasceste. Em minhas entranhas tua carne branca. Teu corpo-pão. Teu sangue-vinho. Sou ogra deglutindo tua inocência, tua beleza. Tua esfinge-mãe que te devolve a pergunta que fazes, que fizeste sempre: quem sou?... quem és?... quem?...

Por que persegues tua essência inutilmente? Tua única resposta é a volta, o retorno à origem, à escuridão do ventre que te deu a luz. Meu útero, teu casulo. Não temas a morte, nada há de novo em morrer, a morte é a conclusão do ato de nascer. A vida é um círculo. Todas as procuras, todas as conquistas são ilusão, miragem, aragem, sopro...

O Castigo

Um dia teve trombose. Caiu sem peso. Um jornal sujo numa vala qualquer.
– Eu faço tudo por você... me dou inteira! E o que recebo, hein? O que recebo?
A cabeça crescia. Re-ce-ce-bo-bo... ecoava.
Um crápula. Um vagabundo! Meu Deus, por que não escutei minha mãe? Por que não se escutam as mães?
O olhar desvairava. O corpo dela, então, parecia-lhe enorme. Os braços morenos eram pás, brandindo-lhe na cara, batendo no tanque a roupa lavada. Paft, paft.
Estremecia. Parecia que o espancavam. Deu-se à bebida. Os vizinhos falavam. "Já não bastam..." Não se bastava.
Esbarrava nas paredes e postes, magoava o corpo, um pouco menor a cada dia, quase de propósito.
Em sonhos atormentados pela presença repressora da mulher, tinha ereções das quais não parecia mais capaz. O lençol

branco melava-se daquela viscosidade que teimava atravessar o tecido do pijama.

"Horácio, meu querido, vem. Eu moro aqui, vem..."

Abria a porta. Escadas espiraladas por todos os lados. Caracóis cruzavam-se no ar. Abismos.

"Vem, Horácio, vem."

A cama, suspensa em um pedestal. Ficava no meio do quarto, inacessível, em meio às escadas impossíveis. A mulher, nua, envolta em tecidos celestes como a Nossa Senhora de Naná, ia na frente. Subia e descia, escapava. Ele a seguia, suando. Não conseguia ver-lhe o rosto. Às vezes, só de adivinhar a bunda ou os seios mornos, gozava.

Por fim, chegavam à cama, ela deitava-se sobre ele, deliciada. Gélidas sedas. Então, de repente, ele via o rosto. Era o rosto de Naná! A mulher aparecia de repente com seu corpo enorme. Ele recuava, aterrorizado, enquanto Naná, mesmo em sonho, lhe batia com fúria. Delirava e do fundo daquele corpo que não lhe obedecia, como de dentro de uma pesada armadura, descobria que até os vegetais sonham.

Pela manhã, Naná lavava o lençol até rasgá-lo, tamanho era o ódio, o rancor. Paft! Paft! Acusava-o.

Tivesse o homem duas vidas... Havia, porém, um certo conforto na dor que Naná lhe causava. Não precisava ser um homem, era um cão. Naná o alimentava, afagava seu pêlo e lhe batia. Ele abanava o rabo, agradecendo. Era doce sofrer! A vida e seus deveres eram um livro lido por outra pessoa.

Algo ocorreu sem que fizesse força. Já não sei bem o quê, talvez lhe tivessem acenado com uma possibilidade de transferência do modesto emprego de escriturário da firma.

De puro medo, não fez malas. Jamais cogitara abandoná-la.

"E se Naná vier atrás?" A hipótese o arrepiava. "Mas tem os meninos, não vem não". As filhas moças o desprezavam. O

mais velho morreu criança, de uma moléstia da qual o pai parecia também culpado. O menor "já trejeita efeminado".
Foi-se. A cidade era longe, noutro Estado, muita poeira e cascalho. Logo arrumou uma empregada, mãe solteira, que acabou por lhe virar amásia.
Seus sonhos mudaram. Andava, a cavalo ou a pé, por uma estrada longa e reta. De repente, quase involuntariamente, saía da estrada e se afastava, com uma estranha sensação de alívio e angústia. Outras vezes, mais raras, voava. Mas mal começava a deixar-se inebriar pelo vento, furando nuvens espessas e macias como corpos femininos, caía.
Paft! Paft! Um telegrama. A mulher vinha vê-lo. Pânico. Já estava indo tão bem! Que fazer?
A moça não quis ir, foi só. Calças rotas, bolsos vazios.
Caiu mais. O único emprego possível foi o de varredor de rua. Desta vez sem deixar referências, pistas, nada. Mas o mesmo espírito de cão doméstico o impedia de ir muito longe, aventurar-se. Fosse Naná um pouquinho menos...
Amigos-da-onça, parentes distantes, o descobriam. Andava, já há alguns anos, de novo perdendo o gosto das mulheres. Capinou hortas, lavou latrinas (lavar a alma, lavar...). Tornou-se lixeiro. Refugiava-se no mais completo anonimato. Pouco a pouco, deixava de ser Horácio, escriturário, pai de família. Não sabia mais quem era. Desaprendeu o pouco de ler e escrever que sabia. Embranqueceram-se os cabelos.
Naná seguia seu rastro, bem o sabia, podia sentir seu cheiro próximo. Às vezes quase escutava as reprimendas. Uma hidra monstruosa bafejava seus caminhos. Escutava passos sobre seus passos, vozes nos seus silêncios.
A estação de trem. Arenosa paisagem. Lufadas de pó disperso no vento. Ele esperava a chegada do trem que o levaria para outra cidade e outra e outra... vestia o terno de domingo, puído nos cotovelos, e a gravata borboleta. Ao seu lado,

a eterna malinha de couro curtido, que comprara por alguns trocados e continha todos os seus pertences.

O trem chegava, o apito longo e estridente. Uma sensação vaga de liberdade. Quase subia as escadas de ferro, quando olhou as janelas. Todas se abriam e de repente surgiam milhares de rostos de mulher. Em todas a mesma cara. O rosto de Naná.

Ouvia vozes, passos, reconhecia Naná nas ruas, em toda mulher um pouco mais gorda que via. Fugia de Naná porque nunca se afastara dela. Pensava nela o tempo todo, tanto temia encontrá-la em qualquer esquina. A fuga era, no fundo, uma espera. A espera de que ela aparecesse.

Um dia teve trombose. Caiu sem peso. Um jornal sujo numa vala qualquer.

Alguém avisou. A família veio.

Planta inerte. Do fundo de sua imobilidade, distinguiu os mesmos braços fortes de uma Naná que o ódio tornou enorme. Carvalho seco, viveu tantos invernos sozinha com os filhos, perdeu as últimas folhas verdes. Com ela veio o filho, cheio de constrangimento. As feições do pai nos olhos encovados.

Levaram-no no mesmo dia.

A alma, aterrorizada, compreendeu não haver escapatória. Era o juízo final.

Como o possuía, Naná fez jus ao seu poder. Dava-lhe banho, o alimentava, dona de seu corpo e destino. Carregava-o com facilidade, com a força dos braços morenos. Qual menina caprichosa a brincar com sua boneca, metia-o com brutalidade nas cadeiras, nas camas, na banheira. Penteava com força seus cabelos, limpava suas unhas, a machucar-lhe os dedos.

Ele gemia, expiava todas as culpas, conhecidas ou não, confessadas ou não. Bem-aventurados os fracos.

As filhas, já casadas, eram indiferentes. Também o culpavam pelo abandono, ou simplesmente não se lembravam dele, não o amavam mais. O filho saía para não ouvir.

A hora em que Naná lavava a roupa, que antes tanto o torturava, era agora a hora do seu alivio, estendido sob o sol ao lado da mulher.

Paft! Paft! A dilaceração da carne.

A Viagem

Penumbra. A luz no quarto era parda. Móveis quadrados, impessoais. Um quarto de hotel. Ele estava inquieto, acordava assustado a todo instante. Julgava haver alguém ali, em muda vigília, mas, quando despertava, se assentava e olhava em torno, via somente sua própria imagem pálida no espelho. A mulher ressonava tão levemente ao seu lado! Parecia estar morta. Ele se aproximava e tentava, obsessivo, aspirar a vida quente que emanava do seu corpo. Recordava-se de tudo. Dirigiu horas a fio no dia anterior. Ambos silenciosos, presos em si mesmos, naquela última tentativa de se encontrarem outra vez.

Não havia um destino. Quase não conseguia lembrar as últimas palavras que trocaram, uma discussão em um sinal vermelho. Então se haviam colocado, em tácito acordo, naquela estrada sem fim. A paisagem do cerrado tornava-os áridos pouco a pouco, como se jamais tivessem tido emoções.

De madrugada ela despertou, sentou-se na cama, quase em transe. Estava tão cansada, não se despira ao deitar-se. O vestido de seda em flores era como folhas amassadas.

Ele levantou-se e, quando a viu, ela já estava na soleira da porta. Teve susto e dor, sentiu que ela era o último elo que possuía com a realidade. Tentou chamá-la, mas não encontrou em sua memória nenhum nome que pudesse ser pronunciado. Vestiu, rápido, a calça e a camisa por sobre o corpo branco e nu. Saiu sem sapatos, abotoando-se enquanto andava.

Viu-a lá fora, andando como um autômato sobre o descampado estéril. A madrugada estava fria. O vento fazia flutuar a saia do vestido e os cabelos castanhos. Ela andava a passos regulares, em movimento igual e constante. O homem andava rápido, ofegante, certo de que a alcançaria. Quando pensava que conseguira aproximar-se o suficiente para tocá-la, ela se tornava mais distante.

Subiram uma montanha de terra solta, de uma cor ocre, desértica. O ar trazia um tom amarelado de velhas fotografias. Ela subia em sua marcha regular, automática, sem dificuldade ou esforço. Ele tentava andar rápido, e se desesperava cada vez mais porque, para cada três passos que dava, escorregava dois.

Às vezes chegava tocar a fímbria do vestido, mas tudo escapava e, sem que o quisesse, retrocedia.

O esforço tomou tanto sua atenção que mal percebeu quando cruzaram a montanha e chegaram (como se não houvessem passado por casas, nem estradas) à praça de uma cidade. No lugar, acontecia uma estranha feira de artigos variados: animais, tapetes, colares de miçangas coloridas.

"Já estive aqui antes". Olhou em torno, mas não conseguia lembrar-se, embora o lugar lhe parecesse, a um só tempo, estranho e familiar. "Pode ser o Cairo", pensou. Mas sorriu para si mesmo ao lembrar que nunca esteve no Cairo, a lembrança vinha das películas exóticas que via quando menino.

Somente então deu-se conta de que se distraiu e a mulher se afastou. Procurou-a com o olhar. Foi difícil, os tons do vestido misturavam-se à profusão de cores do local. Viu-a entrar em um bar. Seguiu-a e sentou-se ao lado dela em uma mesa de madeira pesada. Embora ainda estivesse angustiado, a ansiedade passou. Ela estava quieta, fitando suas próprias mãos, entrelaçadas sobre a mesa.

"Eu te amava tanto! Às vezes tinha vontade de gritar quando estávamos longe um do outro e eu pensava em você. Talvez tenha sido esse o meu pecado: te amar demais. Desperdicei com você anos da minha vida. Te sustentei, te tratei como uma coisa preciosa, para ser admirada. Agora, o que eu recebo, hein? Eu mereço que você me trate assim?"

Julgava estar falando com ela, mas deu-se conta, desesperado, de que não tinha dito nada, apenas pensara. Viu que ela parecia serena, mas as lágrimas corriam, formando sulcos na poeira que cobria o rosto.

"Você nunca me escutou, nunca. Pra você eu nunca tive identidade e acabei por não ter mesmo, nem pra mim mesma. Eu não existia, era um apêndice seu, uma criança. Eu sofria, sofria, não compreendia. Comecei a ter tanta angústia... ânsias que não me abandonavam. Eu te esperava, mas não tinha nada para falar com você. Não acontecia nada no meu mundo, era um mundo de areia. Nada de novo, nenhum aprendizado. Não tínhamos nada pra conhecer um do outro. Você acha que me perdeu, mas não é verdade, o que você perdeu não existia, era uma invenção sua. Eu não te traí, o que aconteceu foi que eu parei de trair a mim mesma."

Olhavam-se. Ele tentava falar, mas não conseguia articular as palavras, movia os lábios, mas não saía nenhum som. Ela tentava responder à eloqüência dos olhos dele mas também não conseguia.

O homem sentia falta de ar, sufocava, sem lágrimas que o

aliviassem. Segurou-a com força, quase com violência. Ela se assustou, olhou para os lados, como em busca de ajuda. Desvencilhou-se dele e correu para fora. Ele foi atrás.

Surpreso, encontrou-a num banco da praça, abraçada a um homem de barba grisalha e olhar doce. Ela chorava, lágrimas que pareciam molhar inteira a camisa branca do outro, fazendo-a colar-se ao corpo. Sentiu desespero e solidão ao vê-la, intuindo a intimidade que havia entre ela e aquele homem, uma compreensão que nunca tinham alcançado quando estavam juntos.

O homem aproximou-se, com gestos bruscos, buscando uma explicação, mas inúmeras pessoas puseram-se à sua frente. Tentavam impedi-lo de aproximar-se do casal. Asfixiado, implorava:

— Deixem-me passar, por favor! Não quero lhes fazer mal, só quero entender! Preciso falar com ela...

Era em vão. No momento seguinte, viu-se no carro, na mesma estrada, fazendo o caminho de volta. Como sabia que era o caminho de volta? Apenas sabia.

Olhou para o lado, para o espaço vazio e, embora recordasse tudo, estranhou aquela ausência.

Uma sensação longínqua de perda o dominou. Pareceu-lhe ter esquecido alguma coisa, hesitou, pensando se devia voltar. Depois compreendeu que não havia para onde voltar. Era preciso seguir.

A estrada era longa, serpente cinza. O veículo deslizava pelas curvas. O vento levantava ondas de poeira sobre a pista. Seus pensamentos dispersavam-se no pó.

Deu de ombros e continuou, transformado, ele mesmo, em um autômato. Antes de chegar a casa, parou em uma loja e comprou diversas caixas de brinquedos de montar.

Sentou-se na mesa e ali ficou, silencioso, dias a fio. Colava pequenas peças de navios e aviões, que não navegavam, não voavam.

O Orgasmo

– Eu tinha vontade de saber como é que as mulheres gozam...

Ela o olha curiosa, intuindo a armadilha.

As cores são quentes. Tapetes vermelhos. A luz é morna, um fruto amarelo, seu sumo derrama, adocicado. Espelhos.

Deita a cabeça no colo dele como um pássaro ferido.

– Eu vou, mas não faremos nada.

Ele concordou. No fundo, o fascinava também fizessem o que ninguém fazia. Ou deveria dizer: "Não fizessem?..." Sentavam-se e conversavam até o cair da tarde, em um quarto de motel. A cama, deserta, parecia um quadro destinado a dar um ar acolhedor ao ambiente, mas com ligeiro tom lúbrico. Uma gota de perigo. Os lençóis permaneciam intactos.

– Vocês são todas tão diferentes... a voz toma um acento encantatório. Uma flauta em tons graves. Algumas gemem, agarram como tenazes, outras gritam como se estivessem sendo torturadas, poucas (olhou para ela e sorriu), são silenciosas, ou gemem baixinho, olhos fechados...

Não. Não quero. (Estou entorpecida de desejo, mas não quero. Você não vai conseguir, você sabe. Por quê? Não sei.

Não sei nunca o que responder quando você me olha assim, quando me enrijeço no caminho das mãos que procuram meu corpo).

Nos encontramos pela primeira vez em uma estrada. Eu pegava carona. Era um tempo diferente. Beatles, mochila, uma calça *jeans*. Eu queria tudo e muito pouco me bastava. Viajamos juntos um dia e meio. Não tínhamos nada em comum. Um carro de luxo, um homem de meia idade, modos elegantes. Era tudo que eu desprezava. Me sentia um pouco agredida pelo mundo dele. Meu primeiro impulso era agredir também. Mas estávamos tristes, já não sei por quê.

Nossa intimidade crescia, caudalosa. Um rio se enchendo de chuvas. Mesmo assim, evitei dormir com ele naquela noite. Desde o início, uma intuição absurda me impedia de fazê-lo. Talvez fosse por amor, porque sabia que, dormíssemos juntos, eu nunca mais o veria. Talvez por ódio, revolta contra o mundo de onde ele vinha, que me atraía, ao mesmo tempo em que me causava tanta aversão. Meu corpo era a única coisa que eu possuía. Ele tinha o poder.

Quando me neguei, eu passei a ter o poder.

Éramos ambos como aquele posto de gasolina solitário no meio do cerrado. Eu me deitei, sem me despir. O minúsculo quarto de hotel não me cabia. Acendi um cigarro. Hoje não fumo mais.

Na estrada, ele falava muito, como se estivesse só há muito tempo.

– Nunca tive uma mulher em minha vida que fosse única, especial. Estou vendo minha existência se acabar sem ter tido uma mulher que eu possa dizer que foi a mulher da minha vida...

Não sei se ele mentia. Talvez. Eu olhava a estrada cheia de curvas. Pensava nas curvas da existência. Vivia, no meu silêncio, aquele relâmpago de tempo tão raro, em que a gente sente que está diante do nada... de repente. O pior não são as curvas, pensei, são as retas intermináveis. Retas quebradas pelos cruzamentos...

– Por que acontece um cruzamento? Ela perguntou, rompendo o ópio do desejo.

Ele riu: – o quê?

– Você tem uma história, que se mistura com as histórias de muita gente. Eu também tenho uma história. De repente, você cai na minha história, e eu na sua. Você tinha um projeto, seu caminho tinha um sentido, o meu também. Num certo ponto eles se cruzam... não te parece estranho? Não tem algo de maravilhoso nisso? Você acha mesmo que é a gente que faz as coisas acontecerem?

– Claro. Quem mais seria?

(Quem mais seria, mulher? Não há um demiurgo invisível. Não somos marionetes. Estamos sós, irremediavelmente sós.

Talvez eu ame mais o mundo de assombro que você me revela através dos seus olhos do que você mesma. Não sei se sou ainda capaz de amar. Sou um cético, você sabe. Só o que me alimenta é o desejo).

– O orgasmo feminino? Vou te dizer como eu sinto: é como ondas. Sabe quando a gente joga uma pedra na água? Forma ondas, assim...

Ela faz os gestos no ar. Cria um movimento em elipses que se cruzam. Como se mostrasse, com ênfase, como se embala um bebê.

(Quando ele me disse aquilo, decidi seria essa mulher única. Iria me recortar para caber no buraco sem fundo daquele desejo. Foi uma decisão narcísea. Não sabia, então, que seria tão difícil para mim).

— Mas e vocês, homens, como vocês gozam? Como sente um homem? Não ri, conta! Se você tem curiosidade, eu não posso ter também?

— Deixa ver... acho que parece com... um som. Um som repentino e insuportável, uma explosão de prazer, a passagem de um cometa. Mas não podia durar mais que um momento, senão a gente iria enlouquecer. Os gregos faziam rituais assim, sabia? Prolongavam a ereção até um limite insuportável.

(Será por isso que ela se nega? Um prolongamento do desejo? Uma forma requintada de prazer tão próxima da tortura, em sua lógica absurda, quanto os rituais priapistas?)

— Não. Não sabia. Mas sei que eles viviam nus, vestiam túnicas. Sabe, isso me dá uma certa inveja. Uma sensação de liberdade, não posso explicar. Sei que tantos povos vivem nus e o que vou dizer não tem sentido, mas sempre tenho a sensação de que a liberdade da criação tem a ver com a liberdade do corpo. Ah, não ria, não. Se não posso falar bobagens com você, com quem vou falar?

— Não tô rindo por isso não. — Olhou com um sorriso maroto. — Por que você não se "liberta"?

— Ah, deixa disso, eu tô falando sério!

— Quem vai te entender: uma hora diz que é bobagem, depois fala que é sério, como se fosse caso de vida ou morte...

(Mulher, você não percebe que estou morrendo de desejo? Afasto, brincando, o tesão, mas um dia vou me cansar desse jogo. Eu te compreendo, às vezes, sei que o que te assusta, na consumação do amor, é justamente o fim. Mas frustrar-se tanto não é uma maldição?

Não, meu amor, é impossível prolongar a paixão como você quer. O amor deve ser fênix. A continuidade está no movimento. Só a passagem das águas é eterna).

— Acho que o erotismo feminino é muito diferente do de vocês, mais sutil. O que nos excita é um clima de romantismo ou de paixão, não um estímulo visual direto: como um corpo masculino, por exemplo. Olhou de um jeito maroto: Claro que a gente também pode ter tesão só de olhar, mas, em geral, nosso erotismo é como nosso orgasmo: difuso... um perfume que se espalha pelo ar.

— Tem gente que diz que o orgasmo feminino não existe, é uma farsa... — Ele tenta provocá-la, mas sem resultado. Ela fica pensativa:

— Quem sabe? Costumam mitificar tanto as coisas... Não sei se todas as mulheres sentem do mesmo jeito. O prazer que sinto talvez não seja o que chamam "orgasmo", só sei que toma toda minha pele, meu corpo exala um cheiro forte...

— Que me deixa louco...

(Pode tentar. Não vou prestar atenção. Mas minha calcinha está úmida. O tesão me corta o ventre com suas espadas invisíveis).

— Uma vez, quando era menina, eu gozei correndo. Acho que isso nunca mais vai me acontecer de novo, mas foi assim. Eu corria e gozava. Meu cabelo chicoteava o rosto e quanto mais eu corria mais gozava...

Um dia, não suportei, me humilhei. Eu morria de tesão. Meu pau doía de tão ereto, apertado na calça. Rolei na cama. Ela veio ao meu encontro. Silenciosa, meio a contragosto. Mas condescendeu.

Tirei sua blusa. Lambi os seios. Minha mão penetrava, com esforço, em seu *jeans*. Toquei seus pêlos sob seus protestos. Estava a ponto de violá-la.

Ela me afastou com delicadeza, fazendo com que eu me deitasse. Então entendi o que queria. Abriu minha calça e tirou o membro que pulsava, vermelho. Molhou os dedos na taça de vinho e o espalhou, lenta, sobre meu sexo. Colocou, então, em sua boca quente. Eu acariciava os seios, comprimidos de encontro à minha coxa. Louco de tesão, gozei em seus seios. A espuma do sêmen inventava sua pele. O nascimento de Afrodite da espuma do membro castrado do Deus.

Nos abraçamos. Eu na catarse do gozo. Ela frágil, desamparada. Espectadora do meu prazer. Eu disse, com doçura:

— Por que você se frustra tanto?

Ela me enlaçou com força. Os cabelos sobre meu peito. Depois de algum tempo, percebi que chorava, molhando meus pêlos e seus cabelos.

Eu não compreendia. Às vezes, me parecia que ela tinha inventado aquela forma alucinada de tortura e acabou obcecada por seu próprio jogo. Outras vezes, me enfurecia. Sabia que ela tinha um ou outro caso e enlouquecia de pensar o que ela fazia com esses homens. Mas não cobrar nada dela era a única forma de manter minha liberdade, já tão ameaçada por aquela brincadeira perigosa.

— Sabe o que me intriga? A relação entre nossos corpos, femininos, e as marés, as fases da lua... é como se a lua e o mar também fossem mulheres.

Ele ri.

— Mas claro, os caprichos do mar, o mistério da lua e das marés. Além disso, vocês mulheres não pensam, só agem (espicaçou). São movidas por desígnios inalcançáveis para nós, pobres homens, crédulos.

— Ora, não seja bobinho! Achei que você já tinha ultrapassado esse machismo de almanaque. — ela diz, rindo, consciente de que ele está se divertindo às suas custas.

Eu? Nada disso! Eu adoro as mulheres! As mulheres e as crianças... Choram, fazem birra, têm desejos impossíveis. São movidas por uma lógica mágica, incompreensível... — Ela o interrompe com um beijo, ainda rindo. Roça-lhe lábios com a língua lânguida. O volume dos seios contra o peito dele, os bicos duros, intumescidos.

Ele completa, abraçando-a com força, quase com raiva:

— Sabe o que vocês são?
Ela espera. Ele, então, completa:
— ... muito gostosas!
Furiosa de brincadeira, ela lhe faz cócegas.
(Sinto-me protegida aqui. Como em um útero. O vinho me amortece. Minha pele se funde às sombras vermelhas. Encosto-me nele, náufraga).
Andávamos a esmo na noite bordada pelos luminosos em néon.
Eu falava muito, animada como uma criança. Ele disse: — Você é tão menina ainda. — Eu o olhei surpresa. A luz do poste recortou um perfil meigo e duro.
— Você não dobrou o arco da existência. É o momento em que se começa a ter consciência dos próprios limites. Quando a gente percebe que o projeto, o ideal que a gente construiu para a existência, deixou de ser uma possibilidade. Eu sou agora a pessoa que sou, não aquela que eu queria ser. Passou, não dá mais. Só isso.
Ficamos em silêncio. Os ecos nas calçadas. Pouco antes, eu equilibrava planos no ar, como a garotinha da fábula de *La Fontaine* e seu imaculado jarro de leite.
Senti-me roubada. Como se, de propósito, ele me fizesse derrubar o jarro. O leite branco derramou, umedecendo o asfalto estéril. O pior é que eu sabia que o que mais me incomodou foi a verdade das palavras dele.
— Tá bom. Eu confesso. Eu não tenho orgasmo. Eu não existo, mas eu amo você. — Rimos.
A primeira vez que me despiu. Eu estava tão cansada. O vinho e a conversa agradável, aparentemente sem sedução, me relaxaram. Mal percebi, já estava sem blusa. Ele espalhou meus cabelos sobre meus seios, como um pintor arranjando melhor o seu modelo, e disse, de um modo quase doloroso:
— Que beleza!

Embora o desejo o torturasse, também deixava-se inebriar pelo jogo. "Por que você se maltrata tanto, por quê?" Dizia, às vezes, meio magoado.

Ele era casado, mas estávamos além desse problema. Não me interessava quem era ele quando não estava comigo. Eu não ligava, tinha outros namorados, mas ninguém tão importante. Talvez, no fundo, eu não suportava houvesse tantas coisas em seu mundo. Eu vivia com ele a estranha exclusividade que só as amantes possuem.

Quando estávamos juntos, era como se um de nós fosse um corpo que entrava na órbita do outro. O mundo ficava lá fora, com suas atribulações, seus problemas, sua dor.

Eu amava aquele quarto, uma esfera onde existíamos apenas nós dois. Possuía, além de tudo, um privilégio que me tornava diferente de qualquer outra mulher. A vitalidade desse amor não se alimentava da minha juventude, mas da não-consumação.

Fazer amor com ele, para mim, tornou-se uma espécie de morte.

Decidi seria assim desde aquela primeira vez no carro, quando ele disse que esperava ainda a mulher de sua vida. Eu sabia que jamais caberia naquele lugar se me entregasse. O único modo de impedir o desvanecer da minha imagem no seu caminho era tornar-me um sonho.

Eu o amei e o desejei com tanta intensidade quanto me neguei. Hoje, que já não o tenho mais, minha dor é física, a saudade é uma ferida.

Afastar a consumação era afastar a morte. O que eu não percebia era que me tornava, eu mesma, uma sombra.

O Tempo

Fazia uma conferência sobre o tempo em uma pequena sala da USP, quando a viu pela primeira vez. Silenciosa em um canto, encostada à parede. Como um animal acuado, ou como quem precisa de ar. Ela tinha algo de monumental. Não pela beleza. Não era uma beldade, mas não chegava a ser insignificante. Tinha traços marcantes. Era monumental no sentido em que uma escultura pode sê-lo, mesmo desagradável ao olhar ou de tamanho reduzido. Destoava da massa uniforme de pessoas na sala.

Embora, como ele descobriu depois, fosse uma mulher tímida, sua presença era forte, impositiva. Sobretudo os olhos, de um castanho intenso. Sua liquidez o capturava de tal modo, que precisava fazer esforço para libertar-se deles e distribuir sua atenção por toda a audiência.

Ao mesmo tempo em que se sentia atraído, a sensação o irritava ligeiramente. Era um homem vivido. Não tinha ilusões.

Agora que nos conhecemos tanto, tento recuperar o que senti naquele primeiro momento. Desconhecida, ela parecia maior, a aura de força e mistério que a cercava era irresistível. Quando me defrontei com seus medos, sua fragilidade, sua humanidade enfim, alguma coisa se perdeu. A estranheza do desconhecido cedeu lugar ao calor da intimidade.

No fim da conferência, as perguntas haviam cessado. Começou aquele silêncio incômodo que antecede o término. Ela fez um gesto abrupto com a mão, como quem espera há muito tempo o momento adequado e não pode mais se conter.

– O senhor também acha que o tempo é uma vivência psíquica? Perguntou. Estava pensando em Santo Agostinho, quando ele pronuncia para si mesmo *Deus Creator Omnium*, e descobre que a gente só sabe que uma silaba é curta porque a outra é longa, e vice-versa, chegando à conclusão de que é em nosso espírito que acontece o tempo... – terminou, parafraseando o filósofo. Parecia ter ensaiado uma *performance* para me impressionar. Fiquei sabendo depois que aquela era a única frase que ela conhecia em latim.

Balbuciei uma resposta diferente das que costumava dar. A contra-gosto, já completamente dominado pela presença dela. Contei uma pequena história: lembrei os enfermos de Thommas Mann. Queriam tanto permanecer na "montanha mágica", que usavam de artifícios para parecerem febris. Para evitar os ardis de seus "hóspedes", os médicos precisavam usar colunas de mercúrio sem escalas para medir-lhes a febre sem que os doentes soubessem o resultado. As escalas, como as nossas medidas convencionais do tempo, precisavam ser acrescentadas depois.

A conferência terminou. Ela aguardou pacientemente que o cerco de interessados se dissolvesse para encontrar uma brecha me pedindo uma entrevista. Explicou fazia música. Tentava desenvolver um trabalho sobre uma complicada relação entre o tempo, a matemática e as escalas musicais, remontando a Pitágoras.

Achei o projeto ambicioso, minha resistência cresceu. Respondi com frieza que iria fazer uma viagem na semana seguinte e estava muito ocupado com os preparativos. Perguntei-lhe se poderia procurar-me outra vez dali a duas semanas, um mês.

Depois, arrependido, a imagem dela me voltou com insistência. O *Deus Creator Omnium* ecoava nos meus sonhos com sua espessa musicalidade. Temi, com certa ansiedade, não vê-la mais. Talvez, por isso, tenha acontecido tão rápido.

Vivi essa experiência outras vezes na minha vida: quando nos esquivamos ao desejo, ele volta com intensidade maior ainda. A tentativa de segurar as rédeas sobre nós mesmos só reverte em louca disparada.

Quando crianças, costumávamos visitar minha avó no interior. Dentro de uma cristaleira onde reluziam preciosidades havia uma compoteira verde-água. Era adornada por arabescos em relevo representando graciosas sereias. Através da transparência do vidro, adivinhavam-se doces cristalizados. Cacos de vidro cobertos de açúcar. Durante toda a tarde, eu me continha para não pegar nenhum. Concedidos, eles não tinham graça. Esperava a noite, quando todos estavam na sala, para roubá-los. Nessa hora, o desejo represado crescia, eu os devorava com apetite insaciável. Com ela, também era assim. Tinha gula de suas carnes macias, de seus cabelos fartos.

O perfume do seu corpo me alucinava.

Ela se refugiava em uma liberdade radical, talvez por medo da dependência. Quanto mais próxima, mais inapreensível. Dormia com outros homens sem vontade, só para exercitar o domínio sobre si mesma. Me enlouquecia.

Vivia com ela as teorias agostinianas. Quando estávamos juntos, o tempo passava com uma velocidade espantosa, quando ela não estava, o tempo arrastava os pés pela minha vida. Eu ouvia o som dos seus chinelos gastos e cansados.

Levei-a certa vez para a casa de seus pais no interior de São

Paulo. Ela tagarelava, animadamente, sobre a vida e a estrada, a música e a matemática. Eu mal sentia as horas. Parecia-me um longo segundo. Um segundo de prazer na minha existência. Na volta, quando a deixei, o espaço vazio ao meu lado parecia maior, preenchido com a lembrança.

No início, ela tentava evitar passássemos muito tempo juntos. Tinha medo de se envolver seriamente, prezava sua liberdade mais que tudo. Percebi iríamos ficar juntos certa vez, quando ela perdeu a hora do ônibus que a levaria para a casa de um amigo no Rio. Eu insisti para que ficasse, mas sabia que era inútil. Ela iria, nem que fosse para reafirmar sua liberdade.

Tínhamos feito amor, conversávamos há muito tempo. Os lençóis aquecidos por nossos corpos, o som da garoa caindo lá fora. Quando percebeu que tinha perdido a hora, desesperou. Fiquei feliz porque sei que o esquecimento não existe. Se ficou, foi porque, no fundo, ela quis.

Corremos para alcançar o ônibus. Uma chuva fina caía incessante. Conseguimos, a custo, parar o veículo. Fechei outros carros. Ela correu até o ônibus, as botas brancas chapinhando nas poças d'água. Os faróis cruzavam-se no asfalto, iluminando-a. Sua imagem sob o véu das gotas de chuva. Fogos de artifício na noite escura.

Eu tinha ciúmes, mas não confessava. Confessar seria perdê-la, tocar uma nota dissonante em uma relação assentada sobre bases muito frágeis. Sem direitos e sem deveres. Fui ficando ranzinza, rabugento. Reclamava sua presença o tempo todo. Queria mais do que ela era capaz de conceder.

A essa altura, já morávamos juntos. Por ela, abri mão do meu casamento com a Física. Meu celibato era no fundo comodismo. Eu tinha uma enorme preguiça (e medo) de enfrentar os problemas de uma relação mais íntima com alguém.

Ajoelhada na cama, de frente para mim, nua, ela me falava da matemática pitagórica.

...Na matemática pitagórica, o dois é a divisão do um, e o três, o quatro... Em suma, o infinito é parte do um e o um, do infinito. Traçava com as mãos longas um círculo no ar. – Como a música. Você não percebe o que isso significa? Colocava a mão aberta entre os seios. Depois tocava meu peito, dizendo:
– Eu sou parte de você e você de mim e nós de todos. Somos da mesma massa. Talvez eles pensassem assim porque formavam uma seita. Sentiam-se próximos, parte do mesmo ser. Já a...
Guiava minhas mãos e as fazia subir da sua cintura até os seios com estudada volúpia – ... a matemática moderna é por relação. Um mais um é igual a dois e assim por diante. É a metáfora do mundo contemporâneo... –, seu rosto tomava uma expressão indefinida. – A conquista do eu, da individualidade. A impossibilidade do reconhecimento, do encontro...
Mudava de tom, sua voz tomava um acento rouco, quase doloroso. Eu achava ingênuas, ainda que encantadoras, as suas reflexões. Ela me puxava de encontro a seu corpo.
– Me abraça forte, me abraça. Destrói minha solidão. Se mistura em mim, vem.
Eu a penetrava, me fundia nela, mas a sede de possuí-la não findava. Fazer amor com ela era sempre um esforço inútil para conhecê-la. Ao mesmo tempo em que eu me satisfazia, me frustrava. Quanto mais me angustiava, mais ela fugia.
Eu compreendia em minha carne o desabafo de Santo Agostinho, a passionalidade com que se entregava ao amor divino: *Pondus meum amor meus!* Amor meu, peso meu. O amor, que me tornava tão leve, era também o que tornava tão pesada a minha existência naquele momento.
Pouco a pouco, fui deixando de suportar suas idas e vindas, suas saídas cada vez mais freqüentes. Via em todos os meus ami-

gos olhares que a cobiçavam. Sentia meu papel de vítima justificado pela grande diferença de idade que havia entre nós dois.

Embora tivesse consciência da tolice do sentimento, eu me sentia um velho decrépito. Quanto mais sugava sua vitalidade, mais tinha necessidade dela. Tornava-me um parasita. Sem perceber, eu a esgotava. Tanto a sufoquei que um dia não a encontrei mais. Na casa limpa, impessoal, não restava mais nenhum objeto que atestasse que ela tinha vivido ali. Ela se foi para sempre.

Certa vez, sonhei que estávamos em uma praia deserta. Madrugada, as marés queriam levá-la. Eu tentava impedir, desesperado. A água lambia seus pés, seus cabelos e a camisola longa.

De repente, com horror, eu compreendia que ela estava se esvaindo. Logo, se desfaria em meus dedos e seria levada pelo mar. Aterrorizado, eu sacava um punhal. A lâmina recurva refletia as ondas. Cravava-o com força, cheio de ódio, entre seus seios. O sangue jorrava, negro, de seu corpo de areia.

Eu chorava. Minhas lágrimas misturavam-se com o sangue e com as águas do mar. Pouco a pouco, eu permitia que as ondas a carregassem. Em idas e vindas.

Tive tantas vezes esse sonho, que hoje já não tenho certeza. Não sei se foi apenas um sonho ou se realmente a matei. Comprei uma compoteira verde-água. Coloco nela doces cristalizados, onde não encontro mais o mesmo sabor. Evito tocá-los dias a fio. Uma noite não resisto mais.

Abro a compoteira.

Os sons de Mahler dão espessura ao silêncio. Tiro doces vermelhos, verdes, amarelos. Aproximo-os do nariz e sorvo o aroma que me faz lembrar o cheiro de sua pele.

Encontro-a outra vez, na absurda analogia. Duas reminiscências, tão diferentes se combinam. Nesse momento mágico, reúno o tempo do prazer da minha infância e o tempo do amor. O colo da avó e o colo da paixão. Em um ritual, eu devoro os doces macios, mastigando-os com vagar.

A Górgona

– Não vou fazer.
– Vai. Vai ser como eu quero.
Planejou tudo. Quatorze pares em rosa, um em branco. De branco ela parecia serena e tranqüila. Ficava até melhor assim. As velas acesas nas mãos dos pares. Velas enfeitadas com flores pálidas. Cerrou os olhos um instante. As pálpebras cansadas, sentia todas as rugas que a cobriam. "Preciso fazer plástica logo". Custou-lhe encomendar tudo... as velas, a luz, a pequena orquestra, o *buffet*. Tinha que reinar a perfeição absoluta. Até no seu próprio vestido, de seda carmesim, feito por um costureiro famoso. Assentava-lhe tão bem! Devia ter um ar distinto, sem deixar de estar bela e elegante. Antes de sair, mirou-se com cuidado no espelho, arrancou um a um os fios de cabelo branco que teimavam resistir à pintura.
Houve um tempo em que...
O que ia pensar? A frase escapou-lhe, evolou-se na memória, indesejada.

A filha rodopiava, flutuava no ar, os pés invisíveis sob o longo vestido. Nos braços do pai, trajado com o *smoking* severo. Ambos com as faces e os corpos rígidos, apesar da aparente leveza. Tão semelhantes à luz das velas. Não se davam bem. Mas a menina não se dava com ninguém, a não ser com aqueles seus amigos horríveis, todos sem ter onde cair mortos. Não compreendia como ela poderia tê-los conhecido, sempre estudara nos melhores colégios da cidade! Ouvia fragmentos de comentários à meia voz.

– ...Beleza!

Quem fez o vestido?

– ... mais bem servida...

A festa de quem estaria mais bem servida? Perscrutou discretamente com o olhar, em vão. Não se sentia muito bem, por alguma razão. Levou a mão ao pescoço flácido, oculto sob a gola alta.

– Ah, meu bem, tudo tão maravilhoso!

As notas subiam agudas, em *alegretto*.

A filha girava suavemente, e a cada rodopio apagava, com um sopro, uma vela, colocando em movimento (ao comando de seu gesto) um par negro e rosa. Mecânica, fria, dir-se-ia que seu sopro era metálico. Os outros também notariam? Não, ninguém percebia.

Aquela calça jeans surrada! Como se não lhe dessem roupas! "Não quero mãe! Não gosto de festas!" As lágrimas boiavam na base dos olhos sem que a menina, orgulhosa, as deixasse fluir. Batia a porta do quarto e trancava-se naquele mundo inacessível, no qual a mãe ansiava penetrar.

Eram incomunicáveis, todos. Ela e o marido mantinham um casamento por conveniência, dormiam em quartos separados e desempenhavam a comédia de sua harmonia nas reuniões sociais. Ultimamente não se falavam mais nem sobre os filhos nem sobre os assuntos domésticos: a mulher organizava e decidia tudo. Mesmo nas questões relativas ao trabalho dele, era ela quem dava a última palavra. Escolhia os ternos que ele vestiria nas ocasiões oficiais, e decidia no comitê os passos que seriam tomados nas campanhas de reeleição. De uma família de políticos, ela o fizera eleger-se e o mantinha no poder com artimanhas de raposa e artifícios de ilusionista. Não tinha escrúpulos, fazia qualquer coisa para manter-se na posição social que alcançara. Embora a odiasse, ele deixava-se conduzir como uma marionete.

Ela não foi sempre assim, quando jovem era uma mulher meiga, porém arguta. A transformação ocorreu, para o marido, pelo menos, quase de repente. Cobriu-se de artefatos de beleza que a deformavam, jóias pesadas, roupas senhoris, maquilagem carregada. Pintou o cabelo em tom avermelhado e fazia penteados – com o intuito de tornar-se distinta – que davam-lhe o aspecto de uma medusa.

Naquele dia, algo a incomodava, não estava bem. A sensação foi despertada por uma música antiga que a filha colocou para tocar. Lembrava-lhe um cheiro, ou uma atmosfera, não conseguia ter certeza. A reminiscência afundava como uma pedra num lago escuro e profundo.

Teria tido um dia uma calça jeans? Percebeu alguém vindo ao seu encontro. Fugiu, rápida, na direção do banheiro, uma atitude que não lhe era habitual. Quase ao entrar, parou.

Olhou de novo a festa, as pessoas devoravam salgados dispersos em migalhas sobre as mesas. Vestidos suntuosos. As mulheres pareciam engorduradas pela maquilagem, como galinhas no abatedouro.

De repente olhou o marido e a filha: estavam imóveis, um de frente para o outro. A musica terminou e eles permaneceram em pé, constrangidos e mudos. Olhou outra vez o salão.

Os convidados, os garçons, os músicos da pequena orquestra, todos estavam petrificados. Tornaram-se estátuas de pedra. O salão encheu-se de esculturas grotescas. A deformidade dos corpos ressaltava no mármore lívido. Teve náuseas. Entrou no banheiro e apoiou-se na porta, sem fôlego.

Não tinha coragem de voltar e encarar de novo aquele espetáculo. Queria morrer, acordar cem anos depois, como a princesa dos contos de fadas.

Só. Estou só. Foi um mal estar passageiro. Preciso voltar. A porta do banheiro fechada às suas costas. De repente, viu sua imagem multiplicada nos espelhos. Olhou e enxergou-se inteira, com terror. A maquilagem derretia nas gotas de suor, dando-lhe o aspecto de um esquisito *Pierrot*, a pele caindo através das rugas. Num gesto de desespero, apoiou-se no mármore glacial, contraindo-se em seguida. Com o mesmo gesto de asfixia, arrancou violentamente o colar. As contas cantaram barulhos nacarados, dispersas pelo chão.

A máscara patética de cera gasta e amarela desfazia-se no seu rosto. Passou. Passou o tempo. Saiu do banheiro envelhecida, a pele transparente como a dos mortos. Alguma coisa foi decepada dentro dela, uma luz tímida, um resquício de vida.

Batidas leves, uma voz feminil, estrídula:

– Querida? Você está bem? Todos reclamam sua presença no salão!

Impassível, retocou o pó.

Mortalhas

— Tá bonita, não tá? assim, tão majestosa. ela sempre foi majestosa. ah! deixa eu ajeitar esse pano... pronto! assim fica melhor. inh... inh!... eu sempre disse, mamãe!... eu disse mesmo assim: mãe, não coma tanto que vai lhe fazer ma... (má. mulher má. agora sim, a terra vai te comer, ocê que devorou tudo quando era viva, tudo e todos) ai... minhas palpitações! (minhas palp...! por que é que Elza age assim? então num sabe? é o marido de Elvira mas Elza se desmancha toda no braço dele. cê vê, mamãe? cê vê? Elvira merece. Elvira, a rica. por que a senhora fez tudo pr'arranjar um marido pr'Elvira, mamãe? Pr'eu não. e eu, mãe, e eu? eu tinha de apodrecer junto d'ocê?)

* * *

(Eu te odeio, Elvira. Não adianta esse olhar de censura. Ele me quer. Você também censura, mãe? Você a amava. Acho que foi a única pessoa de quem você gostou na vida. Tudo que Elvira fazia estava certo. Lembra as costuras de baixo da janela? Eu nunca conseguia, nunca. Não dava certo. Não ia reto. Minha cabeça não é reta, não é mãe? Você me dava cocadas na cabeça. "menina estúpida!" você dizia, "menina estúpida!" eu chorava, papai chamava: "Vem cá, Elza, Elzinha, vem cá". Quando ele morreu, eu me vinguei de você...)

* * *

– Aceita um café, José?

* * *

(comecei a andar com todos os homens da rua. Dormi com todos, mãe, com todos, um após outro. O primeiro foi o Domingues, tá lembrada? Aquele velho babão, de bigodinho, o nosso senhorio. Eu deitei com ele, mamãe, deitei menina, treze anos, meninazinha assim. Eu apareci na porta. Ele disse: "Vem cá, menina. Elza, Elzinha, vem cá". Dei meus peitinhos pra ele. Branca, branquinha, hostiazinha. Eu. pro Domingues babão)

* * *

– Ai que calor!
(onde está o meu leque? Ai, que calor! Quando é que isso vai acabar? Não suporto essa gente. Ah, mãe, mãe! Tinha de morrer logo hoje? Tenho ido ao salão todo dia, me arrumar pra seu enterro, pra mostrar pra essa gentinha. Mas logo hoje, mãe! Eu já tinha até desistido, você meio cá, meio lá. Não queria morrer. Diz que quando a gente não quer, não morre mesmo. A carne quase podre, mas o defunto não quer ir. E que modo mais deselegante de morrer, mãe! Precisei encomendar

caixão pra esse seu corpo enorme. Quase morro de vergonha! Mas... Onde foi parar o José? Estava ali mesmo, ao lado daquela sem vergonha da Elza! Antônia sempre sonsa, a beata. Ai que calor, meu Deus! Como isso fede! Tá me vendo agora, Elza, tá? olha as jóias retinindo no meu pescoço, olha como pesam. Você ficava rindo do José, lembra? "Você vai mesmo casar com aquele bolha do José?" inveja. É inveja o que você tem.) – Ah, padre, que tristeza... como vou fazer sem mamãe? eu sempre disse a ela: "mãe, larga esse lugar, isso aqui não é pra você. Vem morar comigo, lá você vai ter conforto, cuidados..."

* * *

(Ah! A vida tem seus cuidados, não é, Elvira? Pra quem você ostenta este colar, minha pobre irmã? Pra esse povo humilde daqui da vila? Pra mim? Você e o bolha do José. Você sabe que eu dormi com ele? Dormi. Não foi só uma vez. Não que ele me atraia, não. mas fiz questão. Na sua cama de casal. Seu leito conjugal. Eu o fiz contar tudo que vocês faziam. Eu ria, Elvira, ria até dobrar. "Ai, não, José, hoje não. Olha que vai atrapalhar o meu penteado" "José, não pega no meu seio assim, olha a minha plástica!" ele em cima e você contando os detalhes do divórcio da Adelaide. O José é um bolha, sabia? Mas uma coisa o redime: ele te odeia! Ele te odeia!)

* * *

(do que Elza está rindo? Está rindo ou chorando? Na certa chora, pra mostrar pras pessoas. Cadê o meu colírio? Acho que vou ao banheiro pingar mais umas gotinhas. O corpo começa a cheirar mal, tudo fede. Até as flores fedem, flores amarelas meio murchas. O corpo apodrecen... Ai, o que é mesmo que eu tenho de fazer amanhã? Preciso comprar umas roupas. Acho que está na hora de trocarmos o carro. Não era isso que dona Clara estava cochichando? Que achou que o meu carro era mais chique?)

* * *

(eu dormi com seu marido, seu marido, Elvira, você me olha do alto de seus saltos, mas sou eu que estou por cima. Você e mamãe: galinhas posudas. Aí está você, mãe. Onde é que foi parar todo o seu orgulho? Seu sonho era sair daqui. Sempre foi. Sabe o que faz toda essa gente aqui? Todo mundo veio ver você morta. Um pedaço de carne qualquer.

Você, que só cumprimentava aqueles que tinham posses. "Como vai, seu Rabelo? Cumprimentem, meninas, assim, virem a cabeça." "Ah!é mesmo, dona Laura? Pobrezinho do Lulu, acho que deve ter sentido a mudança, mas o ar daqui de Laranjeiras deve ser bom para ele. Ah! Eu compreendo o coitadinho, sabe? Eu mesma sou tão parecida! Não sairia da Lapa nem morta. Me acostumei. Sou tão sensível a mudanças." Nem morta. Não é mesmo, mamãe? Não. não sairá nem morta, como você mesma dizia, para convencer inutilmente a si própria. Aqui apodreceu em vida e aqui apodrecerá seu corpo morto. Sua carcaça podre).

* * *

(eu aqui. entra'no, pass'ano, cuidand'ocê... e ocê, hein? em quem ocê pensava? Só em Elvira, num tirava Elvira da cabeça. "Por que Elvira num vem me ver? Ah! Teve um jantar, coitada! Eu sei, Elvira, claro que compreendo, na outra semana você vem, minha filha. Eu sei." "Ah! Você lembra a dona Luzia? Outro dia trouxe um recorte da coluna social com seu nome. Imagina só. Quem ela pensa que é pra ficar tomando conta da sua vida, hein, filha?"eu aqui cuidand'ocê, mãe, entr'ano, pass'ano, com eles cê era mel e flores, pra mim só vinham os resmungos, as dores sem fim. Seus comprimidos azuis verdes amarelos brancos... todos em horas diferentes. eu, escrava dos seus desejos. seus comprimido. me comprimindo, comprimindo, sem fim... as conta do meu rosário. ai cadê meu rosário? Será que tá na hora de puxar uma ladainha? cê vivia contan'o pras pessoas: "Elvira vive me chamando pra morar com ela. Fez uma casa enorme e uma suíte só pra mim. Disse assim: 'Essa é pra você mãe. Não aceito desculpas'. Você mentia mais: "Ah, mas eu não quis, fulana, não largo isto aqui. Foi aqui que eu vivi com meu falecido, você sabe. Tão bom! Como aquele homem me amou! Foi aqui que eu criei minhas filhas." ocê insinuan'o que queria morar com ela. Elvira dizia: "Ah, mãe, que é isso? A senhora não ia gostar, tenho certeza. Acho que podíamos fazer umas reformas aqui, ia ficar ótimo querida. Já sei, podíamos fazer um muro um muro enorme, assim você vai ficar resguardada dos seus vizinhos e não vai ver mais aquela favela horrível ali em frente. Igual a uma princesa em seu castelo, hein?" eu vi, mamãe, só eu vi sua dor. eu senti na carne toda sua fúria, a raiva da vida que frustava seus plano. a vida é assim, não é, mãe? uma geada fria que destrói o que a gente semeou. eu ouvi ocê chorar, chorar... Af...)

* * *

– Af'Maria, cheia de graça, o senhor é convosco...

* * *

(Só isso eu nunca entendi, mãe, como é que você suportou que Elvira erguesse esse muro enorme em torno da sua casa. Você e Antônia, feito leoas enjauladas, cada vez mais silenciosas. O silêncio e o escuro tomando tudo, um mofo embolorando a alma. Emparedadas. Eu já tinha claustrofobia antes, quando vinha aqui. Agora, então, não conseguia suportar. Eu sufocava, sufocava. Eu preciso de ar, meu corpo arde. Antônia cada vez mais louca, escondendo dúzias de revistas, fotonovelas, naquele baú fedorento, cheio de baratas e peças mofadas de enxoval. Terços, missais e revistas. Você emparedada dentro de si mesma. Animalesca, crua. Comendo, comendo. Se entupindo de remédios, suas drogas permitidas. Encolhida dentro da armadura malcheirosa do seu corpo. Seu muro, sua armadura.)

* * *

(mãe, como é que vai ser sem ocê? Era horrível co'cê eu sei eu já num agüentava mais, eu rezava chorava todo dia eu sabia era ocê ou eu, mas como é que eu vou fazer sem ocê? com Elza num puteiro num vou poder morar num vou. com Elvira? cê quer me fazer rir, hein? cê quer q...?)

* * *

(Meu Deus! Por que Antônia está tão agitada? Os olhos brilham. Parece à beira da loucura. Claro! Um hospício! Vou falar com José, assim não temos mais que nos preocupar com ela.)

* * *

(não mãe vou ficar aqui morta-viva murada eu e ele, agora num tem mais ocê no meio é só eu e ele na minha cama, agora ele vai vir sempre num vai mais ter medo d'ocê, agora ocê tá morta eu vou poder gemer gritar ele vai poder entrar em mim, agora enfim eu vou gozar!)

* * *

(Antônia parece tão nervosa. Pobre Antônia. Pobre Antônia? E eu? Eu vou continuar errando pelo mundo. Eu comecei a estudar, lembra mãe? Mas todo dia eu vinha aqui e sabia qual destino você tinha reservado pra mim. Eu olhava para você e sabia. Seu olhar dizia: "Elza, sua estúpida. Você é um fracasso. Você só serve para dar a bunda." Você pensa que eu não sei, mãe? Você selou meu destino quando me deu aquele dinheiro para pagar o aluguel. "toma Elza, vai, pode comprar uns caramelos com o troco." Você sabia! O Domingues, o velho babão, me comia com o olho. Você me mandou até lá porque sabia o que o velho ia fazer comigo. Assim ele ia aceitar o pouco dinheiro que eu levava. A culpa é sua! Toda a culpa pelos meus pecados. Você sabia!)

* * *

(Ai, pra mim chega. Isto fede demais. Preciso de um bom banho de banheira, meus sais, espuma... Depois podemos ir jantar em algum lugar bem requintado, que me faça esquecer toda essa pobreza. Posso dizer que estou muito deprimida. E estou mesmo! Quem não ficaria depois de estar em um lugar como esse? Antônia está tão esquisita! Deus! Que origem! Se as minhas amigas soubessem... nem sei. Uma irmã, puta, a outra, louca. Só mesmo porque o José é um bolha que pôde cair no conto e casar comigo. Mas amanhã já esqueci tudo isso. Amanhã?... Não. Hoje mesmo. Preciso ir. Não fico mais nem um minuto neste velório. Cadê o José? Mas... o que é que Antônia tem?)

***

(mãe me perdoa mãe não fui eu que queria, o pai, ele vinha de noite na minha cama mãe mas num dava conta porque ocê tava lá cê'scutava, ele num dava conta mas agora eu sei q'ele vai voltar eu sei que vai, agora ocê foi m'bora não mãe eu juro que n... não fui eu. todo dia eu te dava aqueles comprimidos, num é? todo dia eu não sei num tenho certeza... eu misturei uns, mãe? te dei mais naquele dia? eu num lembro, mãe! espera... num abre o olho não, NÃO! num olha pra mim desse jeito não. tem muita gente aqui mãe, ai! quieta! num mexe essa mão! ocê tá morta! num adianta ocê levantar, eles vão me acudir, mãe. Não! ninguém tá ven'o? ninguém faz nada? não não NÃO!

O Fruto do Vosso Ventre

1. A CRISÁLIDA

O carvão rasga o papel. São assim esses sons. Móbiles no espaço imóvel. As sombras caem na cal das paredes. O desenho. O risco. Um risco. Como se faz um artista? Talvez em barro, como Deus moldou o homem primevo. Um artista nasce, como um borrão de tinta, ou um inesperado tema musical. Depois, sua história se encarregará de fazê-lo vingar. Brotará da terra, débil, lutando contra as ervas daninhas. Será esquivo ou agressivo, em busca do sol. Beberá migalhas de chuva com avidez.

Eu falaria da relação entre os artistas e a loucura, se houvesse palavras para exprimi-la. Mas se a loucura fosse explicável, não seria loucura, assim como a arte não seria arte. Platão estava certo ao alertar contra os poetas, não se pode confiar em seres que se embriagam do manto do enigma. Os poetas, como os adivinhos e os loucos, são perigosos porque entregam o homem ao homem. Queimam a verdade nas chamas da sibila, doam-se em holocausto.

O papel é áspero, cor de pergaminho. Os traços são rápidos, mas seguros. Breves pássaros. Os temas, relâmpagos a furar o vazio. Para Ana, desenhar era mergulhar no papel. Ela tornava-se um lençol branco, solto no deserto onde a solidão convive com o tempo. Onde os relógios pendem flácidos, esvaziados de sentido.

Ana vivia no tempo das ave-marias. Cinco ave-marias e a água fervia. Vinte ave-marias, os ovos ficavam no ponto. Eram precisos muitos rosários para que a noite acabasse mais depressa.

Chove. A chuva a aproxima terrivelmente de si mesma.

Francisco chegou. Ana esconde os desenhos, assustada. No coração ecoam os passos, os passos...

Francisco: o desconhecido.

O desconhecido Francisco.

Ana come depressa, sem pensar, como se soluçasse.

Espia, de soslaio. A voz da chuva. O silêncio líquido.

"O que foi?" Francisco pergunta, rude.

Ana: a desconhecida.

A desconhecida Ana.

"Nada, nada". Gotas de chuva nas telhas.

Francisco come devagar. Destoa da chuva. Ela gostaria de dizer que ele está desafinado.

Francisco é uma pausa. Um hiato. Francisco é um é. Um porto antes do crepúsculo, navios ancorados. Gigantes dantescos. A estabilidade desafia a turbulência das águas do mar.

Ana nunca estivera em um porto. Só conhecia um desenho, na casa do juiz.

"Ana! Venha cá, menina! Anda, venha cá!" Era a voz de seu pai. Encolheu-se de encontro à árvore. O vulto apareceu na

soleira: "mas onde se meteu essa menina? Eu disse a ela que o senhor viria hoje!".
Frestas entre as folhas. Ana tem curiosidade e medo. Aperta com força a boneca de pano. Desce. Espreita com cuidado, sem ser vista. É alto. Ana olha, apreensiva, o bigode e a sobrancelha cerrados. É o homem com quem vai se casar. As formiguinhas caminham para o buraco. Uma, duas, três. Carregam folhas verdes. Ana observa. Queria ser uma delas. Está na cama. Apagou a vela. Está escuro. Tem medo. Não se sente segura naquele quarto. Pressente que alguma coisa vai acontecer.
Súbito, ele abre a porta. A vela na mão. A face bruta vem do buraco da sombra.
Ele se aproxima da cama. A voz, da caverna do desejo, a assusta: "venha cá, menina". Um corpo sobre seu corpo. Ela treme, apavorada. A mão levanta a camisola com impaciência.
É Francisco, seu marido, mas Ana não o conhece. Ele abre com força suas coxas cerradas. Mata virgem, úmida de orvalho. Guardada.
Com surpresa e terror, a menina percebe uma coisa que quer furá-la. Luta, mas não adianta. Solta um grito de dor.
Olhos no escuro, olhos, olhos...
Não compreende o peso do homem que a esmaga, arfando.
Ana fecha os olhos com força. As mãos agarram os lençóis. Uma, duas, três formiguinhas.
Uma, duas três.

2. O FIO

A manhã escapava por entre as telhas. Fitas de luz na fumaça do fogão. O café na caneca de alumínio. Uns galos longínquos, outros próximos. O som de um tempo pré-humano.

O frio aumentava o prazer. O café derramava-se fumegante em seu interior. Mais tarde, os pássaros começariam a matizar o ar com seus pipilos breves.

Amava esses momentos antes que a casa despertasse. Eram sensações que não tinham nome. Existiam somente.

No início, Francisco gostou. Que Ana acordasse de madrugada parecia-lhe o atestado de seu papel de mulher que deveria zelar por tudo. Mas as escravas começaram a falar da senhora que se perdia a olhar o teto ao amanhecer. Francisco se aborreceu.

No que fosse possível discordar, Ana jamais o fizera.

Escapulia fluida, burlativa. Era auxiliada pelo temor oculto, inconfessado respeito que Francisco tinha por sua loucura mansa, sonsice.

Ana tinha necessidade da dor e da solidão.

Trancada no banheiro do colégio, ainda adolescente, profanara a brancura das paredes com seu sangue. Um talho rápido. O caco de vidro penetrou fundo na palma de sua mão. Havia uma comunhão estranha entre o sangue que gotejava purpúreo, quase preto, e a dor que latejava.

Punia-se por ser diferente, porque as coisas repercutiam tão profundamente em seu corpo. Devaneava quando devia estar atenta. Olhos fixos, alma errante sem pouso, aproximava-se do perigo. Não tinha ninguém.

— Mulher não deve aprender a ler e escrever — dizia o sogro, e Francisco assentia com a cabeça. O marido a temia, a sufocava, matava-a um pouco a cada dia. Ela que, apesar de tudo, possuía uma fragilidade.

O pároco a chamou. Ela pressentiu que Francisco falara com ele. O padre não podia dizer muito. Ana ia à missa aos domingos, como todas as pessoas do lugar. Véu branco na cabeça, olhar cândido.

Seu olhar escapou ao padre. Concluiu que Ana dissimulava algo.

– A senhora crê em Deus? Olhou-a desconfiado, esperando uma manifestação, ainda que breve, do demo.

– Sim, senhor Vigário – disse, com uma tal humildade, que o desarmou. O padre tomou-a nos braços.– Minha filha, você deve atentar mais a seu marido, sua casa, seus filhos... Deixe as divagações para as mocinhas que sonham com o casamento.

Apertou-a, então, com volúpia, sentindo seus seios de encontro ao peito. Ela estremeceu ao contato das vestes frias que farfalhavam ao envolvê-la. Como animal indefeso, preparou-se para ser devorada por aquele abutre de longas asas.

Francisco satisfez-se por uns tempos e ela pôde entregar-se por uns dias a si mesma, enquanto fingia fiar e tecer no sótão. Roubava papel das escriturações do armazém e fazia desenhos ensandecidos com pedaços de carvão. Desenhos para jamais serem vistos. Não deixava ninguém limpar o sótão, ela mesma o fazia. Ocultava-os sob tábuas do assoalho.

A roca fiava o tempo. O que Ana mais desejava era não ser assim. Tentava passar dias sem desenhar, olhar a casa, dar ordens. Tentava.

Ia à igreja e visitava os sogros com o filho. Mas aquela coisa de que era feita não podia ser extirpada. Dilacerava-se.

Desenhava chorando muitas vezes. Arrancava os cabelos de raiva porque não conseguia se importar com mais nada, a não ser com aquelas manchas sobre o papel. Um dia queimou todos.

Fiava, fiava, mas seu coração se confrangia. Sufocava quando pensava nos desenhos destruídos.

Devorava a beleza dos campos, das árvores, a permanência das pedras, a solidez das igrejas e da cachoeira, onde a roupa era lavada.

Absorvia a penumbra das coisas. Tudo a atingia, em sua

sensibilidade alucinada. A miséria e a dor a atraíam. Abraçava sensações com a sofreguidão de um viciado. Assim alimentava as forças contraditórias que turbilhonavam em seu interior.

3. GRAVIDEZ

Quando se olhava no espelho, via os cabelos escuros, a boca mal desenhada, o nariz oblíquo. Uma feiúra amarga. Mas tinha algo de pássaro que fazia despontar um quê de belo, fugaz.
Um leve bater de asas ou de pálpebras.
Pálpebras. Olhos. Estranhou os olhos, desvinculados do corpo. Olhou muito, até arderem e crescerem as pupilas.
Então eu sou.
Sou o quê? Dos olhos parecia ter despontado, por um momento, a solução do mistério. Alguma coisa que parecia mover-se, inacabada.
Mas escapou.
Escapou, e já não tinha importância, ser era apenas ser, e pronto.
Então deu-se conta de que ainda estava de camisola. Calçou os chinelos rotos. A água do café borbulhava inutilmente, já evaporara um tanto. Costumava ser assim. Ana inteirava a água e novamente deixava-a evaporar-se e assim indefinidamente.
Alarmou-se. O devaneio ia começar de novo. Pegou a chaleira quente e o líquido derramou, aromático.
Negro e acabado.
As gotas de chuva encharcavam seus pensamentos. Tocou a barriga, uma ruga na testa. O que se passava ali? Não entendia.
Quando enjoava, no princípio, vomitava caldos verdes de gosto amargo. Sempre molhava um pouco os cabelos naquela viscosidade. Lavava-se, lavava-se. Queria despir-se de si mes-

ma, de um mau cheiro que não a abandonava. Como se pudesse trocar de pele, como as serpentes. As lágrimas misturavam-se à água e deixava de senti-las. Por não as sentir, já não sabia se realmente chorava.

Longe, os ramos da mangueira ocultavam uma espera. Esqueceu. Era estranha a nostalgia do que não habitava a lembrança.

A mangueira estava fecunda e cheia. Os frutos pendiam. Pesavam como tetas murchas de um animal fêmea. Logo estariam amarelecidos, moles. Espedaçando nas mãos, escorrendo nas bocas.

O nojo veio à garganta, incontrolável. Tocou o ventre, olhando o fruto verde. O verde fruto, o ventre intumescido, o fruto do vosso ventre. E o amadurecimento amarelo, sumarento.

4. O PARTO

Quando pariu seu filho, alcançou a animalidade plena, o que só na dor era possível. Gemia e soluçava, as roupas brancas da cama encharcadas de suor.

Olhou aquele ser roxo e pequenino. Naquele momento, não conseguiu amá-lo. Sentiu estranheza e uma espécie de susto tranqüilo.

Não reconheceu seu rosto, sua identidade, no vermezinho disforme. Carne que se formou nela, saiu de seu corpo, mas não era ela, Ana. Era um outro.

A parteira o colocou em seus braços, escorregadio. Mal embrulhado em panos. Aproximou-o, instintivamente, do peito. O menino procurou o seio farto, com vontade.

Assustou-se, a princípio, quando encontrou o bico róseo e o apertou com fúria. Depois o movimento ganhou uma cadência lenta. O mamilo intumescido, molhado de leite e saliva. Ana sentiu que uma corrente de prazer inundava seu ventre. O sangue ainda escorria pela vagina semidilacerada no ritmo em que o seio era sugado.

Gozou violentamente, em meio à dor. Gemia e chorava alto como um bicho. A parteira já vira demais do mundo para espantar-se. Nua sobre a cama, as pernas semi-abertas, o ventre arredondado, um seio entregue ao filho, o outro a gotejar lentamente, era a imagem de uma santa.

A primeira mulher, uma deusa poderosa, no esplendor da criação do mundo.

* * *

Obsessiva, Ana entregou-se com desespero ao bebê. Tinha ciúmes de todos que se aproximavam dele. Francisco tornou-se cada vez mais distante, casmurro e embrutecido. Chegava bêbado dos puteiros da vila e a espancava sem motivo.

Ana desvinculou-se totalmente da casa quando percebeu, pela primeira vez, a piedade disfarçada das escravas. Um resto de orgulho senhoril.

Mandaram-na para o sanatório quando o menino adoeceu de febre e ela não permitiu que ninguém o olhasse, nem o boticário. Uma leoa ferida a proteger seu filhote.

5. A MORTE

A cama de paus gretados. As caras labirínticas, à luz das velas. Um soluço. Os grilos lamentam lá fora.

No catre, o homem morto é traste inútil. O rosto congestionado. Lençóis revoltos.

"O padre já vem."

"Por quê? Por quê? O choro convulso, uma gargalhada. Ana se volta. Alheia. Ampara alguém. Explicações.

– Hoje ele num tava bom. Pediu preu deixar os minino

c'oa mãe dele. Eu disse não. Eu cheguei, ele já assim, estrebuchado. "A vida é assim mesmo", murmura alguém, "iminência da morte." O padre entrega: "Deus há de tomar conta". Deus ou o Diabo. Um deus diabólico, invisível à luz das velas.

Ana chega à casa. Pendura na sala os véus que usa nas missas da semana santa. Negros e roxos. Enegrece com o carvão caixas pequenas de madeira, antigos porta-jóias. Pendura-os no teto. Dentro deles, cacos de espelhos.

– Mas o que significa isso? – Francisco grita, perplexo.

O teto do quarto onde se velava o morto. Vãos escuros entre as telhas.

– Eu fui no enterro, Francisco. – As mãos de Ana se retorcem, úmidas. O rosto confuso. Francisco, eu estive lá. Era assim, Francisco. Entenda, por favor, entenda.

Ana tem olhos de poço profundo.

Francisco não entende. Os espelhos reproduzem, em fragmentos, seu cenho carregado. As velas criam mais sombras, as luzes refletem-se no espelho, filtradas pelos véus. Seu filhinho ri e bate palmas, maravilhado. Querubins da morte.

– Escuta, Francisco. – Ela suplica, ocultando o rosto com as mãos para defendê-lo do golpe que a joga por terra. Ouve a voz irada.

– Você enlouqueceu.

A morte. A loucura. Ana e seu filho dançam rindo por entre os véus e os estranhos móbiles espelhados.

6. O FRUTO DO VOSSO VENTRE

Quando voltou do sanatório, muitos anos depois, Ana assustou-se ao ver o quanto seu filho havia crescido. O menino a olhou do fundo dos olhos escuros e Ana percebeu neles as mesmas sensações de surpresa e estranhamento. Como em um espelho.

Ela estava mudada também, sabia disso. Sentia as roupas antigas muito largas. Via, com o rabo dos olhos, mechas do seu cabelo, precocemente embranquecido. E aquele movimento involuntário de chupar as bochechas, do qual tanto queria quanto não conseguia livrar-se. Mas as mudanças nele eram outras. O que causou impacto em Ana foi a impressão de ver-se frente a si mesma.

As pessoas em volta, parentes e agregados da fazenda, esperavam de ambos algum arroubo de emoção, algum espetáculo tocante que as fizessem verter lágrimas. Como na semana da paixão quando, partindo de extremidades diferentes da cidade, a imagem de Nossa Senhora encontra a de seu filho, prestes a ser morto.

A expectativa de dor pareceu – embora não o fosse – de propósito insatisfeita. Mãe e filho quedaram mudos longos instantes. Olhavam-se com aparente serenidade. Ana admirou-se de ver seu próprio queixo, irregular, no rosto do rapaz. Os traços angulosos. A boca fina contrastava com o brilho vigoroso dos olhos. Murmurou seu nome:

– Francisco... – Lembrou, então, que era o mesmo nome de seu pai, pareceu-lhe absurdo que duas criaturas tão diferentes tivessem o mesmo nome. – ...José. – Acrescentou depressa, para distinguir.

Não era mais o menino que ria e batia palmas de alegria quando ela pendurava caixas de madeira pelo teto. Adivinhava-se o homem no buço nascente, o prenúncio do ressentimento nos lábios apertados. Não deviam pôr filhos no mundo. Uma pele tão pálida...

– O almoço está servido? – Alguém interrompeu o silêncio com a voz ligeiramente irritada.

As pessoas, decepcionadas, retomaram o movimento. Alguém levava as malas. Alguém pendurava os chapéus. Alguém os conduzia à sala de estar como autômatos. A aparente frieza do encontro foi atribuída à loucura recente.

Ana percebeu logo, quase ao primeiro instante, que havia algo diferente com seu filho. Do âmago de indiferença de seu estado, pôde encontrar ainda um pouco de ódio contra o marido. Intuiu que o pai maltratava o filho.

Sabia que o menino se refugiava em uma pretensa carolice que fazia gosto aos parentes. Sentia no filho aquela raiva impotente, misturada ao temor, que lhe transformava a índole. Nada há de pior do que os fracos cruéis, sabia-o capaz de tudo. Mas, se pela ausência do hábito, já não o podia amar, identificava-se com ele em seu sofrimento. Teria desejado dizer-lhe que era inútil.

O menino dormia no quarto do primo João Antônio, de caráter oposto. Esperto, falador, o primo estava sempre a arranjar desculpas engraçadas para escapar aos castigos.

Um dia, Ana os surpreendeu no rio, nus. João Antônio parecia acariciar seu filho. Olharam-na muito assustados.

Ela virou-se e foi embora. Não precisava ter visto o que já imaginava. Apenas lamentava que a tivessem percebido. Preferia evitar a cumplicidade.

Era coisa de meninos, mas não era. A natureza de Francisco José era feminina, como a dela. Ana não sofria, sentia como que uma satisfação íntima de posse.

Os meninos preocuparam-se alguns dias, esperando que ela contasse. Aguardavam um castigo que não vinha. Olhavam-na disfarçadamente às refeições, até que se cansaram, dada a impassibilidade dela. Tudo voltou à normalidade.

Logo os acontecimentos induziram a uma reciprocidade no segredo, inesperada para a mulher.

Há algum tempo, desde sua volta, Ana voltara a tecer no sótão. O defeito na perna impedia Francisco de ir até lá. Geralda, muito velha, nunca subia. Vez por outra, a cozinheira subia alguns degraus, com os pés arrastados, para então chamar, com a voz beunsuntada de gordura de porco. Além do mais, o médico do hospício e todas as pessoas da família – até o padre – julgavam de bom proveito que ela voltasse às costuras. A solidão de Ana era indevassada.

Muito rápida, Ana tecia roupas para os pobres, o que lhe fornecia pretexto para a liberdade dos passeios. Mas passava a maior parte do tempo desenhando, o pezinho a oscilar, mecânico, o pedal de uma máquina sem linha.

Enquanto Ana desenhava, com pedaços de carvão, sobre os papéis roubados das escriturações do armazém de Francisco, a roca girava inútil. Pulsava, monótona.

Ana não o escutou chegar, os passos do filho leves como os seus. Ele chamou às suas costas:

– Mãe?...

Os desenhos espalharam-se pelo chão. A roca interrompeu-se com um barulho seco, quebrado. Depois girou um pouco, suave, ao contrário.

Ana virou-se, brusca, arquejante. Sua reação surpreendeu o menino. Em silêncio, ele a ajudou a catar os papéis do chão, um a um, colocando-os no regaço da mãe. Nunca estiveram tão próximos, a respirar seus cheiros, como animais.

Suas mãos roçaram-se. Ana sentiu o calor do papel e da pele do menino. Uma comunhão entre o filho e os desenhos.

Olharam-se nos olhos, como não haviam feito desde que Ana voltara. Os rostos quase encostavam. O pânico da mulher transformou-se em desejo, a boca dele a centímetros da sua. Beijou-o, sua língua quente roçava a boca do menino. Ele manteve a boca aberta, mas incapaz de se mexer, mumificado.

Não se tocaram. Jamais se tocaram. Afastaram-se em silêncio, olhando para o chão. Ele virou-se e saiu, os passos macios. Nunca mais olharam-se nos olhos.

Naquela noite, Francisco, o pai, a cobriu maquinalmente.

Outros Contos Inéditos

1994-2002

Sudário

[...] *com as suas lágrimas banhou os meus pés, e enxugou-os com os seus cabelos.*

(Lc 7, 44-45)

Um pequeno botão branco era o soldado que guardava aquela trincheira desconhecida. Um botão! Fechei os olhos e tentei pensar em outra coisa. Na vida que deixara em São Paulo, ou em coisas mais prosaicas, como as telas e pincéis que iriam chegar, para ver se evitava a recorrência daquela imagem, mas foi impossível. O botão branco tornou-se meu único, inevitável pensamento nos dias que se seguiram. Ora o pequeno soldado dobrava, com relutância, sua resistência, ora deixava-se vencer com facilidade. Quando Maria se aproximava, no entanto, meu olhar errava sobre sua figura como uma mariposa, sem ousar deter-se sobre o botão. A fenda mínima da blusa, junto ao pescoço, provocava minha imaginação.

– Maria, me compra um cigarro? Pedia, só para roçar meus dedos nas palmas de suas mãos, quando lhe entregava o dinheiro.

Ela nunca falava nada, no máximo, um "sim" ou um "não", quando não era possível apenas menear a cabeça. Estava sempre de olhos baixos. Naquele mundo esquecido, inadmissível a uma donzela mirar um homem. Quando me virava, porém, sentia as brasas negras de seus olhos em minha carne. Não, era impossível. Eu não ousava. Ali, toda minha experiência parecia um obstáculo a mais.

Quanto mais obcecado por seu mistério, mais distante eu me tornava. Além disso, o que um homem vivido como eu poderia querer de uma menina? Ainda mais naquelas condições, empregadinha que o padre da aldeia me arranjara, confiando-a com uma fé que me ultrapassava. Não. Tocá-la seria profanar aquele mundo que, esperava, seria o meu até que a morte me levasse.

Depois do banho, parava, às vezes, em frente do espelho, perscrutando sinais exteriores do mal que se alojara em minhas vísceras. Olhava a pele macilenta, já um pouco amarela. Então fechava os olhos e demorava-me na noite de sua pele rija, de menina.

A inércia e o ardor do desejo insatisfeito fizeram-me mergulhar em um estupor febril. Por uma fresta da janela, passava o tempo a observar a vida das pessoas do vilarejo. Risos, brincadeiras, namoros recatados, o convite dos sinos para as missas e festas.

Dia a dia, acompanhava da janela a paciência com que o velho da casa em frente trançava os fios de taquara. Perdia-me horas a acompanhar o trabalho dos dedos gretados na produção silenciosa das esteiras e balaios. Escolhia com ele as nuances de cada fibra de bambu. Chegava-me o cheiro do fumo que ele picava em seus momentos de pausa, sempre de cócoras, como se aquela fosse a posição humana por excelência.

Tanta vida sob meus olhos, comecei a duvidar do sentido da vida que sempre levara. Os nós do bambu. Os botões negros dos olhos de Maria. O botão branco de sua blusa de algodão. Os botões de seus seios...

Tão logo o pensamento me vinha, o afastava. Tentei pintar para dar vazão ao sentimento que me obcecava, mas não consegui. A imagem solitária do velho fabricante de balaios me impedia. Todo meu trabalho não valia um calo de suas mãos.

Sentia-me cada vez mais impotente diante da tela em que vinha trabalhando desde que cheguei. Na iminência da morte, confrontado a um mundo que era a antítese de tudo que tinha vivido até então, a realidade tornava-se o avesso do que sempre acreditei. Que significavam as telas que eu pintava, diante da simplicidade dos balaios que o velho fabricava? O silêncio de Maria dizia tudo.

Então, queimei, em silêncio, minhas telas. Não tive nenhum pesar ao ver as línguas do fogo a consumi-las. Uma frustração me abatia. Tive febre por alguns dias, não tinha vontade de comer, nem de fazer coisa alguma. Maria movia-se mais rápido nestes dias, sutil demonstração de que meu estado a afligia. Trazia-me pratos de sopa que voltavam incólumes. O botãozinho branco a escarnecer de mim, muito bem acomodado em sua casa.

Depois de alguns dias, uma idéia estranha começou a amadurecer em meu espírito. Levantei-me, tomei um banho e me barbeei. Fiquei surpreso com minha imagem cadavérica no espelho. Meu cabelo parecia ter-se tornado mais grisalho. Os tufos espalhavam-se pela testa, em desalinho. Estava começando a sentir dor e sabia, com serenidade, o que iria fazer quando não pudesse mais suportá-la. Teria feito antes, não fosse por Maria.

Entrei no quarto que destinei para meu ateliê improvisado. Sentei-me um pouco, na penumbra, entre as tintas e pincéis. Deixei a cabeça cair nas mãos, com uma fadiga intensa. Levantei-me, peguei uma tela vazia e fui até a cozinha. Maria depenava um frango sobre a pia, de costas para mim. Em sua nuca, uma trança continha a rebeldia dos cabelos negros. A trança sobre a nuca de cetim. Soube então que, vivesse o bastante, a trança seria minha próxima obsessão.

Ao pressentir minha presença, ela virou-se, surpreendendo meu olhar vazio. Levantei, com dificuldade, a enorme tela branca que trazia.

– Maria, vou precisar de sua ajuda.

Ela olhou para mim, por um momento, e recuou. Senti seu temor de colibri assustado. Compreendi.

– Não, não vou pintar você.

Ela suspirou, ligeiramente aliviada.

Balbuciei mesmo assim, como se necessitasse desculpar-me: – Não é que eu não queira... é que... não sei se conseguiria, se teria tempo.

Em poucas palavras, expliquei-lhe o que queria que ela fizesse. Exagerei a importância: viriam buscar a tela em poucos dias, precisava que ela fizesse isso por mim. Aproveitei-me um pouco de sua comiseração por meu estado recente. Custava-me esclarecer o que desejava.

– Você entendeu? Ela assentiu com o queixinho de chocolate. Os lábios carnudos permaneceram imóveis. Repeti tudo, ansioso, um pouco mais depressa. Tentava aparentar uma ridícula seriedade profissional sem o menor sentido.

Entrei no ateliê, levando um lençol. Encostei a porta, despi minhas roupas. Lambuzei todo meu corpo de tinta. Às pressas. Temia estragar tudo. Deitei-me sobre a tela e me cobri com o lençol. Esperei.

Esperei uma eternidade. Devo ter adormecido. Talvez, quem sabe, tenha me levantado para dizer a ela que não era mais necessário, que podia esquecer toda aquela loucura. Talvez tenha apenas imaginado tudo, como imaginava a relutância de Maria, sua alma de pássaro cindida entre a porta da rua e a entrada do ateliê.

Enfim, ouvi o lamento da porta se abrindo, lenta. Não via, mas podia sentir no chão, em veludo, a vibração de seus passos aproximando-se. Ela parou novamente. Outra vez hesitou. Seus olhos devem ter-se voltado, aflitos, para a porta, mas já tinha ido longe demais.

Colocou seus pés sobre minha perna. No início, teve dificuldades em equilibrar-se, mas seu corpo lembrou-se logo das árvores e cercas onde se sustinha em busca das frutas mais apetitosas. Os passos ondulavam sobre minhas carnes magras. Seus pés, carimbos. Abriam sulcos na esqualidez de minhas costas. Mesmo através do lençol, eu sentia as solas ásperas. Não conheciam a profanação dos sapatos.

Ela fez exatamente como lhe pedi. Caminhou até minha nuca, com lentidão e retornou outra vez até meus pés. Eu morria de prazer. A respiração suspensa. Quando os pés tocaram minhas nádegas pela segunda vez, cheguei ao clímax. Não esperava, aconteceu.

Imaginava-a, altaneira, a cabeça erguida para manter o equilíbrio, os olhos fixos. Uma palmeira à beira-mar. Os seios, ofegantes pela ousadia da experiência, saltavam sob os botõezinhos inexpugnáveis. Quando finalmente ela desceu, saiu correndo e bateu a porta.

Depois de alguns instantes, levantei-me. Postei-me, então, diante da tela onde meu corpo se encontrava gravado. Junto ao sexo que, comprimido, parecia maior, meu sêmen misturava-se à tinta. Minha paixão doía, sem caber dentro de mim. A tela era o sudário que espelhava meu tormento. Desde que cheguei, eu era um moribundo vivendo um calvário.

Abracei a tela, como se abraçasse Maria. Nu, sem me lavar, peguei os pincéis e comecei a trabalhar a tela bruta, dando-lhe forma. Retoquei a figura impressa por meu corpo, em pinceladas carregadas de roxo e vermelho. O ventre era um abismo negro de onde a pélvis brotava como uma fonte de um azul mortiço. Contra meus hábitos, só depois preocupei-me com o fundo. Queria-o opaco, sem profundidade, sem nenhuma ilusão de perspectiva. Maciço. Forcei-me a recobri-lo em tons sombrios de cinza e azul.

Trabalhei por muitas horas, não sei quanto tempo. A luz desapareceu entre as frestas das telhas e da janela fechada. O lampião permaneceu aceso até o amanhecer. Todo o azeite se esvaiu. Quando os fachos de luz retornaram, a derramar seu pó dourado em minha tela, julguei terminado meu trabalho.

Só então, deixei o ateliê. Na pia, um frango semi-depenado. O pescoço pendia. O sangue seco. A porta dos fundos ainda estava aberta. Um sol zombeteiro entregava-se à esterilidade do cimento. Vi no chão um minúsculo objeto. Um botão. Apertei-o na palma da mão. Respirei fundo.

Fui até o quarto. Abri a gaveta, guardei-o. A mão estremeceu ao encostar na coronha por acaso.

Confissões da Sedutora

A sedução tornou-se minha maldição. Era aprisionada por esse poder, como Cassandra não podia escapar a seu dom adivinhatório, o que a levou à desgraça. Eu era uma espécie de Cassandra, o poder que possuía – que as mulheres invejavam e fascinava os homens – me destruía, me afastava de toda a realidade. Buscava um métron, um equilíbrio, mas era tarde demais. Era feita do excesso. Excesso em minhas formas, em meu ser, em minhas virtudes e em meus defeitos. Com certeza, Deus estava drogado pelos perfumes do paraíso quando me fez.

Envolvia-me em situações caóticas, engraçadas, que me sugeriam eu era várias mulheres concentradas em um invólucro, um único corpo. Quantos homens me quiseram! Antes, porque queriam a si mesmos. A história é antiga: Helena era apenas o pretexto para que os heróis se disputassem em honra, força e virtude.

A sedução era minha vingança. Eu cavalgava, orgulhosa amazona, conduzindo seus ginetes. O problema é que cavalgava sem destino. Não é que não tenha podido optar, muitas opções se apresentaram para mim, embora deva dizer que, nos dias de hoje, ainda é quase impossível, a uma mulher, escolher sua própria existência. Mesmo as revistas que se dizem feministas nos ensinam sempre como nos adequar melhor aos modelos que se julga serem os que os homens esperam de nós. Impressionante a quantidade de receitas para afastar o envelhecimento, como se, para sermos amadas, não pudéssemos ser humanas. É irônico que, talvez, as próprias mulheres ajudem a alimentar as imagens nas quais se aprisionam. Meu triunfo como sedutora vinha da recusa desses modelos. Os homens inteligentes queriam mais do que um autômato pasteurizado.

    O primeiro caminho que me era oferecido era clássico: casar-me e ter filhos e conformar-me a uma felicidade falsa, feita das migalhas da felicidade dos outros. Mas, eu, escrava?! Não. Preferia antes escravizar do que ser escrava. Quando fraquejei, e o que possuía foi excessivo para mim, pensei refugiar-me nesse caminho. O casamento uma armadura que me protegeria de mim mesma. Mas eu seria capaz de suportar a paralisia sob o peso dessa instituição de lata?

    Descrente da hipótese de casar-me, cogitei internar-me em um convento e dedicar-me ao conhecimento. Eu renunciaria a todos os prazeres terrenos, protegeria meu corpo jovem da concupiscência até que ele se degradasse a ponto de perder todos os atributos que, aparentemente, o tornavam desejável. A idéia era mais do que atraente: murar-me e dedicar-me ao senhor. Ah, as delícias do conhecer! Eu seria uma nova Tereza d'Ávila, abriria meu seio e meu espírito para o anjo que neles quisesse cravar a sua lança. Em pouco tempo, porém, descobri não agüentaria. Não que não pudesse suportar a renúncia às coisas terrenas. Não agüentaria justamente porque os conventos estão longe da idéia de espiritualidade que eu buscava. Freiras são fêmeas ainda mais terríveis, porque privadas dos prazeres do sexo e, com freqüência, sem nada para ocupar o lugar dessa falta. Eu seria trucidada, eu sei.

Farei uma concessão, uma auto-crítica: talvez eu não suportasse o convívio de outras mulheres. Competitiva, eu? Não! Não sou. Falo sério. Pelo contrário, costumava anular-me o tempo todo diante delas. Eu as temia. Reproduzia em todas as mulheres que conhecia uma mãe terrível que se imprimiu na fragilidade da minha adolescência. Criava mães em série, como uma máquina produz enlatados. Cresci angustiada pela idéia de que era a causa da infelicidade sexual de minha mãe. Era eu o objeto do desejo... de meu pai? Vivi minha adolescência torturada: exteriormente, porque minha mãe, por insegurança, vingava-se em mim dos atributos que julgava não possuir. Interiormente, por minha própria culpa em relação a ela. Por que nós, mulheres, estamos condenadas a esses tristes jogos?

Quando fazia faculdade, trabalhei como "acompanhante de executivos". Usei o dinheiro ganho na prostituição para fazer análise, o que colocava meu analista em um curioso dilema: curar-me seria fazer-me abandonar minha rendosa profissão e deixá-lo? Não importa, foi ali, na arena daquele consultório, onde eu era touro e toureira, que percebi o quanto era narcísea. Ali aprendi a aceitar meus rituais de morte e sedução. O que pode haver de mais narcísico do que a idéia de que era a causa da separação e do ódio entre meus pais? Então eu tinha culpa do incesto! Um incesto que se processava nos abismos mais recônditos da minha imaginação. Como são fáceis e confortadoras as verdades descobertas em análise!

O desejo é uma fruta proibida. Só se pode desejar o que não se tem. Eu o quis. A meu pai. Por ódio e por amor. Por vingança contra ele e contra todos os homens que secularmente nos perseguiram e desejaram, como se quisessem de volta o que Deus lhes roubara. Eu o quis e, de algum modo, o tive.

Estudei a sedução, decidida a fazer desse propósito a razão da minha existência. Aprender a seduzir era esmerar-me em uma arte, exercitar-me horas para tocar um instrumento com perfeição, embora o dom já tivesse nascido comigo. Li tudo que se escrevia sobre o assunto, de Kierkegaard a Laclos, de Sade a Bataille. Estudei, desde o comportamento da serpente do paraíso, até a Madonna de nossos dias. Descobri que a sedução mais prazerosa, é aquela que se exerce sobre um espírito livre, um homem emancipado de mim, encantado pela alquimia das minhas poções, porém, não dissoluto em sua vontade.

Maquiavel exortava o Príncipe a se adequar às representações de virtude do povo que pretendia dominar. Eu me fantasiava para ser a representação ideal para as expectativas dos homens. Aos poucos, percebia, aterrorizada, que eu não existia mais, não passava de uma névoa. Essas artimanhas, contudo, não fui eu que as criei, são feitiçarias que as mulheres passam milenarmente umas para as outras. As não iniciadas, mesmo conhecendo o potencial auto-destrutivo que esse poder oculta, dariam tudo para obtê-lo.

Agora, deixo a palavra a vocês, pobres homens, que há tantos séculos invejam nossa fertilidade e nossa força. Nós não necessitamos de alarde. Desfiamos fórmulas secretas, enigmas que, em outros tempos, nos levaram à fogueira.

Somos feitas do silêncio.

Glória

A primeira vez que andei de trem foi com minha avó. Eu, moleque, gritava, os braços debruçados lá fora. O cabelo, chicote no vento. Minha avó, pára de pôr a mão pra fora, menino! As paisagens, um filme a desenrolar-se nos caixilhos das janelas. O poema de Bandeira. Para que escrever mais, se o trem inteirinho no poema, com vagões, apito, fumaça e tudo mais? Eu buscava um trem em mim e ele já se instalara em meu peito. Um impedimento, uma dor, uma angústia. Eu não podia fazer nada. Não combinava comigo a poesia da locomotiva. Tinha que ser um outro trem. O tempo corria, corria sobre os trilhos, mas parecia que o trem jamais passaria através do meu corpo para materializar-se no papel.

Havia treze escritores na viagem ferroviária que originou a encomenda do conto. Desejando ser irônico, imaginei treze personagens. Criei uma narradora que acordava em um trem, aparentemente sem saber como tinha chegado ali. No final, de repente, ela descobria que todo mundo no trem estava morto e, pior, ela também:

"*Acordei. Ópio nos olhos. O trilhar do trem me amortecia. Ao meu lado, uma mulher ressonava. Não estranhei. Escutei. Outras pessoas dormiam na cabine. Para onde eu estava indo? Tentei me tranqüilizar, já me aconteceu antes não lembrar onde estava depois de um sono pesado. Caminhar. Vou caminhar um pouco. Me sentir melhor, lembrar, lembrar... Abri a porta com cuidado para não despertar os outros. Nos quadrados das janelas, árvores negras. O lamento noturno. Um vagão, dois, três. Tinha a sensação de estar sendo seguida, observada. Olhei para trás... nada. O trem dormia. Dormia e caminhava, sonâmbulo. Eu estava com sede. Atravessei muitos vagões com as cabines fechadas. Um hálito quente sobre meu ombro me revelou uma presença. Encostei-me à parede do trem, o coração batendo forte.*"

Nesse momento, parei. Era um conto de terror o que estava tentando fazer? Gótico demais. Talvez uma metáfora do que eu pensava de mim mesmo. Era eu que estava morto. Um pouco de suspense, quem sabe? Ando mesmo vendo filmes em excesso e, afinal de contas, nós, escritores dessa época incômoda, sempre achamos que precisamos colocar em nossos livros umas pitadinhas de esoterismo ou de literatura policial para sermos lidos. Quem vai se importar em ler qualquer coisa que tenha uma mensagem mais profunda? E o que são mensagens "profundas"? Profundas para quem? Essa palavra parece ter sido associada para sempre aos títulos dos filmes de sacanagem. Me dava uma preguiça enorme ser inteligente, escrever coisas que fossem interessantes, tentar ser alguma coisa em que eu mesmo não acreditava. Concluí que era eu, na verdade, o intruso que derrama seu hálito quente sobre o pescoço da personagem. Não era para eu estar ali.

Era eu o impostor! Não era escritor coisa nenhuma! Eu lá sabia o que é um escritor? Então o que é que eu estava fazendo naquele trem com doze escritores? O prazer da aventura? Tinha um cego no trem. Um escritor de verdade. Ele me olhava por trás daqueles óculos negros e, cara, era duro ter a consciência de que ele enxergava! Era um Tirésias que conhecia toda minha ignomínia. Eu não conseguia enganá-lo. Ele sabia que eu era um passageiro clandestino.

Publiquei há dez anos um livrinho cheio de mentiras e, por incrível que pareça, comecei a ser chamado para jantares e lançamentos de livros. Comparecia sempre com uma capa de chuva cinza à Humphrey Bogart, os cabelos em desalinho, um ar de drogado no rosto. Respondia com monossílabos a tudo que me perguntavam e pronto. Eis aí, num passe de mágica, um escritor. Comecei a cultivar o mito de que havia abandonado a literatura. Era eu o novo Rimbaud. Todos me achavam o máximo.

Sentei a beleza no colo, eu pensava, por trás da fumaça dos meus cigarros (comecei a fumar por causa de um poema de Maiakósvki). Sou superior a todos vocês, que ficam aí morrendo por um lugar na mídia, sofrendo porque ninguém os compreende, porque os jornais copiam o *times* e só falam em autores não traduzidos para o português. Afinal de contas, pra que falar nos pobres prostitutos disponíveis no bom e velho idioma materno, se ninguém se interessa mesmo por literatura? Além disso, não vende. O que atrai aqui é o estranho, o diferente. Enfim...

Estou me desviando do conto. O que acontecia depois? Eu tinha que entregar logo. O tempo corria. O editor – que também era escritor e estivera no trem, além de secretário da cultura de alguma cidade obscura do interior – me disse que todo mundo já tinha entregado. Só faltava o meu conto. Era eu o número treze, se eu não desse um jeito de entregar logo, o volume ia ficar capenga. Ele tinha convidado treze pessoas, estava fixado no glamour meio *trash* do treze, por causa da última ceia, todo esse papo de que o número treze dá azar, coisas assim. Será que ele não percebia que o treze era eu? Era eu o azarão, o filho da puta que ia fazer desandar todo o trem literário. Ele, com certeza, iria maldizer o dia em que me chamara. O trem ia sair dos trilhos só por minha causa.

Putz, quanto narcisismo! Que eu me passasse por escritor, lá vai, mas daí a acreditar que eu era algo mais do que um inseto desprezível nessa absurda existência... Não, isso não. Eu não passava de merda. E só o que me redimia era que eu tinha consciência disso. Resolvi dar um jeito e criar um diálogo para minha personagem. Esqueci de dizer que esse é outro recurso porreta: todo leitor adora diálogos. Nem precisa explicar porque: com todos aqueles espaços vazios, travessões, frases curtas... É um descanso. Ninguém mais agüenta livros com descrições em excesso. Talvez eu devesse cortar todo o começo do conto. Cortar as descrições. Sim, era melhor. Eu devia começar assim:

— *Desculpe. Assustei-a?*
— *Não... Não demais.*
O homem tocou o quepe em um cumprimento elegante. Alguma coisa parecia estranha... O quê? Ela não conseguia identificar, tão familiar o sorriso sob o cavanhaque. Lembrou-se de que não sabia onde estava, nem para onde o trem se dirigia. Ia lhe perguntar diretamente, mas achou que soaria absurdo. Procurou uma evasiva:
— *Faltam muitas horas para a chegada?*
Ele fez um gesto com a mão, como a indicar que faltava muito tempo. Ela decidiu relaxar: reparou que ele era atraente. Ele pareceu hesitar, enfim, perguntou:
— *Aceita um café?*

— *Sim. Um café me faria bem.*

Ela se lembrou de uma prima que dizia que os europeus, quando te oferecem um café, é porque querem te levar pra cama em seguida. Por que tinha decidido que ele era europeu? Resolveu perguntar:

— *De onde o senhor é?*

Ele riu.

— *Daqui, dali... de toda parte.*

Detive-me outra vez. E agora? **Quem** era ele? Por que é que eu tinha metido a Europa no conto? Falta de confiança? Então eu também achava que se fosse Minas aí é que ninguém ia querer ler mesmo? Eu tinha que saber quem era ele antes de continuar. Já sabia, era óbvio, que eles iam transar. Sexo. Sexo é outra fórmula infalível. Você põe sexo ali, todos devoram. Não precisa criar novas formas de falar desse assunto. Os leitores adoram o requentado, o igual, o lugar-comum. É melhor escolher as palavras às quais todo mundo já está acostumado. Se você introduzir alguma metáfora estranha, como é que o leitor vai perceber do que se trata? Para gozar junto ele precisa reconhecer todas as fórmulas que está cansado de conhecer. É o que o leitor quer. Comparar mulheres com comidas ou flores, por exemplo. É o máximo. Não precisa dizer que é vulgar. Não tem erro: é infalível. Eu tinha uma coleção de combinatórias: seios e morangos, vulva e drósera, etc. mas... estou fugindo do assunto: quem era o cara? Sim, eu já disse que era eu, mas isso não basta.

Estou fingindo que acredito que sou escritor e que existe uma personagem que precisa encontrar alguém para que algum leitor possa se identificar com ela e sentir seus temores e desejos. Mas por que algum leitor iria querer se identificar com ela? Tem tantas dessas personagens disponíveis por aí nos filmes e novelas! Com muito menos esforço e menos gastos (o preço de um livro é absurdo comparado ao que se gasta pra ver tv, por exemplo) o espectador pode vivenciar emoções baratas que o façam esquecer que sua vida é uma coleção de vazios, um dia igual ao outro.

Não acontece nada de novo, e ninguém quer que aconteça, no fim das contas. Para isso sempre existiu a literatura e existe agora a tv e o cinema: para você não sair buscando emoções. Se não, corre o risco de achar. Ah, você acha! A arte é um dos instrumentos para manter a sociedade coesa, organizada, certinha. Aristóteles compreendeu isso há tantos séculos! É melhor purgar suas emoções no teatro. Assim você volta para casa de novo direitinho, carneirinho, e não ameaça ninguém, muito menos a si mesmo. Não fosse a arte, você podia sair por aí matando a mãe ou comendo as filhas, já pensou? Sem falar nos patrões, que a gente tem vontade de matar a cada minuto das vinte quatro horas do dia. Cara, não fossem os artistas, ia ser um desastre para a humanidade. É aí que mora a "sublimidade" deles.

Me irritei comigo: eu estava era arranjando desculpas para o fato de não conseguir extrair de mim aquele "trem". Os mineiros é que sabem muito bem o que é um trem. Quanta coisa um trem pode significar! A pedra no meio do caminho, do Drummond, não era pedra, era um trem. Com certeza, ele mudou na última hora porque percebeu, deixasse o trem, só seria compreendido por outro mineiro.

No trem de escritores eu fiz o tipo: evitei conversar, sentei-me no bar e fingi que bebi à noite inteira, embora duas doses já me ponham a nocaute. O cabelo sujo grudado na testa. Quando todo mundo foi dormir, consegui relaxar e tirar a pele de escritor desesperado. O garçom, um senhor simpático. Começamos a entabular uma prosa bem edificante:

– Há quanto tempo o senhor escreve?

– Há quanto tempo você viaja?

– Desde menino.
– Pois.
– Antigamente, era diferente.
– Sim?...
– Muita gente. Tempos bons aqueles. A linha ia de São Paulo a Mato Grosso.
– E...
– Dava pra pescar do próprio trem! Passava no pantanal. A gente lançava a linha e ficava esperando, enquanto o trem corria o pântano. Cada peixão que era uma beleza. Cada paisagem!

Eu estava sinceramente impressionado, embora fosse uma clássica história de pescador: completamente inverossímil. Não conseguia deixar de ser garoto e os garotos do meu tempo tinham sido todos fascinados com pescarias.

Fingi desdém.

– Han...

– Num é mentira, não. Era um mundão que esse trem cobria, o senhor devia ver.

Se aquilo era verdade, o que era mentira então? Descobri de repente a Europa do conto: minha personagem era uma mulher por quem eu tinha me apaixonado. Estava perdido em Roma, não sabia falar uma palavra de italiano e encontrei uma prostituta brasileira perto da Piazza Navona. Uma compatriota, finalmente. Quando ela enfim se certificou de que não me conhecia (seus parentes pensavam que ela tinha ido para a Europa estudar) e me deu alguma atenção, pedi que me contasse a experiência mais excitante que tinha vivido. Ela me contou a história do trem. Tinha transado com o condutor. Achei incrível.

Uns meses depois, já no Brasil, comentei com uma namorada e ela me mostrou a mesma história, idêntica, num desses livrinhos que se vendem em bancas, destinados às Bovarys contemporâneas. Fiquei sinceramente desapontado com minha prostituta brasileira. Então, nem uma prostituta tem experiências extraordinárias? Eu tinha passado anos sonhando com suas botas brancas, com a lingerie que ressaltava sua pele morena, chateado porque não a tinha pedido logo em casamento, sem atinar, naquele momento, que nunca mais iria encontrá-la, e agora descobria que ela também era uma impostora?

Então não havia realidades, só ficções, mentiras ecoando mentiras? E parecia tão real! Eu tinha explodido em gozo, tão impressionado fiquei com a história: aquela mulata linda penetrada de pé, prensada contra a parede do vagão. Os olhos azuis do condutor, demoniacamente inocentes, como os do meu personagem. Será que essa parte eu tinha inventado? Em um mundo como esse era difícil encontrar alguma verdade.

Glória, ela chamava Glória. Ria quando eu lhe pedia que andasse sobre mim, machucando minha pele com seus saltos agudos. Quando terminamos de transar, contou chorando suas desventuras, presa àquele destino para sempre. Dei-lhe quase todo o dinheiro que trazia comigo. Não. Mulher nenhuma se chama Glória. Só as tias da gente. É claro que era um nome de guerra. E eu a perdi! Perdi a glória de possuir para sempre uma prostituta linda como as estátuas de Bernini que arrebatavam nas esquinas de Roma, tirando-me a respiração.

Perdi a Glória de possuir uma mulher que contava histórias. Não precisaria mais fingir ser escritor, se a tivesse trazido comigo. Se ela quisesse vir, é claro. Afastei logo a dúvida, como quem afasta uma mosca da frente dos olhos.

Eu tinha que entregar o conto e ficava perdendo tempo a divagar. Continuei então a história: minha personagem transava com o condutor do trem, que tinha olhos azuis assustadoramente inocentes e soltava murmúrios em uma língua incompreensível, enquanto ela o enredava com suas botas brancas, de saltos altíssimos... Não. Estou misturando tudo. Não era minha personagem que usava botas brancas, era Glória, a mulher. As botas não combinavam com a personagem do conto gótico, aquela que acordava no trem onde todos estavam mortos. Além disso, que sentido havia em descrever uma fantasia que uma prostituta decorou de um almanaque para contar a um rapaz perdido em uma cidade esplêndida? E se Glória nunca tivesse existido? E se fosse um delírio? Talvez eu nunca tenha ido a Roma. Com certeza, nunca tive dinheiro para ir a Roma. Algum amigo deve ter me contado essa história.

Estou começando a enlouquecer, eu acho, aqui parado, diante do computador, fumando um cigarro atrás do outro, tentando tirar um trem do estômago, preso a essa janela do subúrbio de onde tenho uma vista privilegiada da maior favela de São Paulo.

A Posse

Júlia afastou-se um momento. Seus olhos, lâminas. Trespassavam.
 Você deve cuidar para não me marcar nunca.
 A frase o enraiveceu. Era uma sentença: "não deixe marcas de amor em mim, porque não te pertenço." Ah, mordê-la toda! Sugar seu sangue. Assinar, com hematomas, meu nome, em sua pele.
 Porém, quando levantou a blusa e a espuma da lã materializou-se nos seios pequenos... As asas de um pássaro farfalharam.
 Com tanta delicadeza os roçou, era preciso olhar para sentir seus dedos.
 Sem que fosse possível capturar o artifício, os dedos viraram língua. Sim, viraram sim. Vermelha, lenta. Água.
 Enlouquecê-la. Gritasse: "Me machuque! Me coma! Me possua!

Não houve tempo. O pêndulo dos seios o hipnotizava. A música dos murmúrios nos lábios entreabertos. Dormiu o homem, emergiu o monstro, das profundezas.

Não suportou mais. Investiu contra seu corpo. A destruí-lo.

Soluçava no esforço de esgotar o desejo. Tudo, queria tudo. De uma só vez.

Assassinava-a. Suicidava-se sobre ela.

Não queria saísse viva do quarto. Que deixasse de pertencer-lhe. Que pensasse. Não queria!

Não, não feche os olhos! Puxava com força os fios curtos de seu cabelo. Os olhos dela se abriam, com ódio, fuzis incandescentes. Queria ser sua única fantasia. Que ela não pensasse, porra! Queria que ela não pensasse.

Era inútil.

Nua, sentava-se diante dele na cadeira. Sua pele: o branco sobre o estofado azul. Implacável, contemplava-o, aniquilado sobre os lençóis. Recolhia os despojos com os olhos. Um cigarro nos dedos. Soprava a fumaça tão devagar que seu corpo de corça também se evolava, inapreensível. Apagava com cuidado o desenho do amante na memória de seu corpo.

Ossos em formas angulosas. Machucavam. Feminina nos gestos, masculina no olhar. O cabelo curto. Fios ralos sobre a nuca.

Enterrava o cigarro no cinzeiro.

"Vou embora."

Vestia-se. Como se estivesse só. Por fim, olhava-se no espelho.

Traste estirado na cama, só com os olhos a seguia. Apanhava as migalhas. Uma lupa em todas as frestas.

Como chegava, partia.

Monalisa, soberana. O casaco e a bolsa sobre a mesa.

De pássaro, o crânio quase raspado. Ele costumava empurrá-lo com força de encontro a seu pênis na hora do amor.

Queria possuí-la. Acostumara-se a desejar e obter tudo que desejava. O que podia consumir, fazia-o de uma só vez, até que as coisas se extinguissem.

Com Júlia, isso não ocorria.

Tentava, em vão, esgotar o prazer que sentia ao estar com ela, mas o gozo era intenso porque não saciava... e não saciava porque era intenso.

Um jogo sem fim.

A fumaça. A mulher.

"Vou embora". Simples.

Não permitia que a procurasse. Dosava os encontros com a precisão de um químico. A qualidade dos metais depende de sua raridade.

Não que fosse saciada. As linhas irregulares do rosto adivinhavam sísmicos abalos. Os gemidos roucos? O modo como engolia seu sexo, como se fosse dilacerá-lo...

Uma falta. Ah, mas ele... não, nunca iria supri-la. Nua, depois do amor, era um andrógino, um ser assexuado. Uma ausência que alucinava mais ainda seu desejo. Investia contra ela para matá-la.

De pouco adiantava a luta, saía sempre vencido. A frustração da última tentativa alimentava a próxima. Completude? Tão efêmera... Só em pleno orgasmo.

"Vou embora", ela dizia.

Ele sabia um dia não voltaria.

O Jogo

A gente entrava por uma janela quebrada e abria a porta por dentro. O prédio da fábrica um caixote cinzento num descampado. As máquinas, nossos bandidos, monstros de ferro. Subíamos nelas. Uma vez, André caiu em uma alavanca. A coisa mexeu. Um barulho enorme. Saímos correndo. Só paramos lá fora. Nos jogamos na grama, rindo. Acendi um cigarro. Estava aprendendo a tragar. Comecei a tossir.– Me dá um trago.
– Toma.
Ainda ficava um pouco tonto quando fumava.
– Olha aquela nuvem: num parece uma bunda de mulher?
– Huuummm... André lambeu os lábios: a bunda de Maria Antônia...
Ela passava todo dia por nós quando íamos à escola, voltando do hotel onde fazia seus "programas". Negra, voluptuosa, balançava de propósito os quadris quando passava. Assobiávamos, mas não tínhamos dinheiro para abordá-la. "De graça,

meu filho? Nem pro hotel? Quem dera! Um dia, quem sabe? Bem que gostaria!..." Acenava pra mim. Um beijo na ponta dos dedos. A boca carnuda em convite.

— Vamos voltar.

— Agora?

— É. Vamos entrar no gabinete.

"Gabinete" era o escritório principal da fábrica. Um aposento trancado. Talvez tivesse dinheiro guardado. Não íamos pegar tudo, só um pouco, para cigarros e mulher.

Tentamos arrombar a porta. André era mais forte do que eu, embora tranqüilo, sossegado. Ficou vermelho pelo esforço. Gotas de suor na testa. Nada feito.

Contei minha idéia: o dinheiro para ter a mulher que cobiçávamos. Tão excitados, fizemos concurso. A gente se masturbava junto. Quem gozava primeiro pagava um cigarro pro outro. Não encontramos prazer no jogo como antes. A possibilidade de viver a coisa real matava o ato que a substituía. O gabinete passou a significar tudo: a mulher, a passagem para virar homem.

Não sabia que seria tão difícil.

Amanhã. Domingo.

Levamos todo o necessário: arame, barbante.

Não conseguimos. Tinha outra tranca, com certeza.

André ficou exausto do esforço.

(Por que não desistimos, por que? Até hoje me pergunto).

Uma janelinha interna, bem no alto. Subimos. Não dava para passar.

— Ei! Onde você está?

— Aqui! Vira, tem uma porta do outro lado.

Um armário em frente à porta. Mais fácil. Só uma tranca.

A fábrica escura. A luz atravessava as janelas. Feixes dourados no dorso das máquinas.

Clic. André sorriu.

– Toque aqui.
A porta: nheeemmm.
Mesa, papéis, máquina de escrever e de calcular.
Abrimos a gaveta. Dinheiro?
Nada.
Recibos. Papéis.
Outra gaveta. O barulho: coisa pesada escorregou.
As coronhas.
Revólveres!
Melhor que dinheiro. Revólveres!
Saímos da fábrica e fomos brincar lá fora.
Latinhas. Quando a gente acertava era por acaso.
Morríamos de rir.
As balas acabaram. Melhor. Agora dava pra gente voar de verdade.
– Eu te pego, Tom! É agora que você vai se ver comigo!
André correu. O cabelo muito liso em desalinho. Virou pra mim e atirou também, equilibrando a arma no antebraço. Entrou na fábrica. Escondeu-se atrás de uma das máquinas. Atravessei a soleira da porta, devagar. Ocultei-me atrás de uma engrenagem. Tentei ver onde ele estava. Escuro. As janelas de basculante ficavam na parte de cima.

Meu peito ofegava. Prendi o ar por um momento. Consegui escutar a respiração de meu amigo. Me esgueirei pela geringonça. Deitei no chão, passei por trás de outra máquina. Levantei. Estremeci, ao abraçar o corpo de metal. Andei. Os pés colados no chão.

Vi! A cabeça encostada na máquina. A respiração tensa.
– Ah! Te peguei!
Atirei, a arma encostada na cabeça de André. O clic do gatilho desapareceu sob meu grito: Péim! Era para ele cair, se render. Trapaceou. Subiu correndo as escadas de ferro. O barulho dos passos reverberava no espaço vazio. Fui atrás.

Ele ria, excitado. Eu não. Estava com raiva. Queria pegá-lo. Ia jogá-lo no chão, me sentaria em seu peito. "Te rende! Anda, rende!" Não houve tempo. Ele correu pelas mesas de ferro. A arma em minha mão. Apertei o gatilho? Mais? Mais vezes? Clic. Clic. Agora, que já estava convencido que ia ser com os punhos...

Ouvi o estampido. O cheiro de enxofre no ar. Parei. Olhei as janelas. Esperei o barulho do vidro. O vidro. O estilhaço do vidro.

A luz impassível. Os vidros intactos. André estacou. Também olhava os vidros? Deu alguns passos. Entrou no banheiro, em um canto da sala. Bateu a porta atrás de si. Precipitei-me contra a porta. Abriu com estrondo. Não estava fechada.

– André!

Ele caiu sobre mim, agüentei por segundos seu corpo contra o meu. Cheguei a sentir prazer. Os olhos vazios. Súplica e surpresa. O peso. O peso! Caí de joelhos, abraçando-o. A cabeça em meu colo. Eu não compreendia. Olhei meus braços. O sangue em meus braços. Por um momento pensei: estou ferido. Como me feri? Não entendia. Não queria entender. Apalpei-lhe a camisa. Nas costas, o sangue jorrava, quente. A tepidez do sangue.

Meu coração parou. Quis gritar, mas o grito era uma bola de concreto na minha garganta.

O estampido. A queda. O corpo. O sangue.

Gotas de sangue em meu peito.

Lavava as mãos depois, em qualquer lugar, em casa, no trabalho, no banheiro público. De repente, a água virava sangue. Sangue!

Não podia esquecer. Seu castigo: a água em sangue.

Tão fácil tirar a vida de alguém!

Lavava-me, mas não conseguia limpar-me. A água virava sangue.

Não lembro mais nada. Correr? Correr pelos campos. O mato chicoteava o rosto molhado de susto e lágrima. Gritar socorro, socorro, socorro...
Uma coisa ainda grita dentro de mim.
Não lembro mais nada.
Só depois, horas depois. Estou no camburão. Assisto a cena: o menino no camburão, o peso nas costas, esmagado. O olhar, cão sem plumas. O guarda toca a campainha. A senhora de avental na porta.
O menino no camburão não escuta. O menino não pode mais escutar.
É um filme mudo. Ler os lábios, observar os gestos, as expressões. O menino assiste. Quase com curiosidade.
– Dona Neguinha?
– Sim...
Susto. Pressentimento:
– Aconteceu alguma coisa?
– Seu filho, infelizmente. Um acidente.
Um acidente?
Nãaaao!...
Fui eu que gritei? Não sei.
O menino no camburão não ouve não fala não sente.
Até hoje não sente. Sente tudo e não sente.
Dona Neguinha. O avental nos olhos. Seu Francisco, a ampará-la.
Os corpos tremem.
O estampido. A queda. O corpo. O sangue.
O menino.

O Piano e o Violino

Os pais de minha mãe se conheceram quando meu avô Ernesto começou a tocar violino na orquestra que animava filmes. Era um homem alto, um tanto desajeitado. Nos braços, o violino. Minha avó Luísa, a pianista. Atrapalhou-se ao cumprimentá-la. No chão, o arco e o chapéu. Luísa, criada na fazenda, sem etiquetas, riu e abaixou-se a ajudá-lo a recolher suas coisas. Seus dedos encontraram-se por um momento. Enrubesceram. Ernesto pigarreou. Um "desculpe" quase inaudível.

Ele era casado. Inútil limite. O amor cresceu, desde então, fogo a devorar os campos. Apesar de ensaiarem sempre, nunca se olhavam. Entreviam-se, mas a sombra já lhes habitava os olhos. Entregaram-se, então, a seus instrumentos. O piano e o violino declaravam-se um para o outro, trocavam juras e lamentos, gozo e regozijo. Eram freqüentemente aplaudidos, mas também repreendidos pela força das trilhas tocadas: rivais dos filmes, entretenimento principal.

O silêncio. A interdição. Tão insuportável o desejo, Luísa

adoeceu. O lugar vazio junto ao piano. Ernesto sofria. A todo momento precisava parar, para enxugar o suor que escorria pela testa. Visitá-la. O pai de Luísa o recebeu na sala, com café. Prometeu transmitir à moça os votos de melhora.

Quando Luísa retornou, pálida pela prolongada reclusão, Ernesto não cabia em si. Os sons saltitavam. As notas, diabinhos rebeldes. Incapaz de concentrar-se. Ao terminar a sessão, todos iam, ela sempre demorava. Era mulher e tinha por tarefa reunir as cadeiras no canto. Facilitar a limpeza do cinema no dia seguinte. Ernesto esqueceu o arco de propósito. Voltou. Ao despedir-se, a sós com ela, não se conteve. As mãos dela entre as suas. Beijou-as. A perturbação de Luísa... mais intensa do que tivessem feito amor. Tão febril ao retornar à casa, não lhe permitiram comparecer na sessão seguinte. A ausência enlouqueceu-o de ansiedade. Uma certeza vingou em seu coração: não podia viver sem ela.

Luísa voltou. Ele esqueceu de novo o arco. Ela percebeu, mas não o lembrou. As cadeiras arrastavam-se, nervosas, pelo silêncio da sala. A porta se abriu. Suspensão. Pausa. Desta vez, cego de paixão, tomou-a em seus braços. Com tanto ardor a beijou, ela começou a delirar.

A cena repetiu-se muitas vezes. Cresceu a intimidade como antes o amor. Luísa engravidou. Depois de muitos murmúrios na cidade, a barriga, prova incontestável. Seu pai a espancou. Expulsou-a de casa. Ernesto amparou-a mas, como era casado, foi obrigado a alugar uma casa para ela próximo da zona do meretrício. Único lugar em que aceitaram recebê-la. O parto complicado. Quase morreu quando nasceu minha mãe Beatriz, talvez por isso não tenha tido outros filhos. Ou porque não quis? Não sei. Dissolveram-se essas histórias.

As pessoas da cidade antes amavam Luísa e a respeitavam. Passaram a não cumprimentá-la. As prostitutas a julgavam uma estranha, "distinta" demais pra tratar com elas. Admiravam-na e a invejavam. Olhares furtivos quando ela passava. Luísa tinha, então, por companhia, apenas sua filhinha e meu avô, que a visitava quando podia. Sofriam ambos, se amavam cada vez mais. Luísa, dócil, tornou-se amarga. Chorou tantas lágrimas, seu coração pouco a pouco estéril. Um deserto. Luísa tocara nas missas. Agora não podia mais freqüentá-las. Os padres, que antes lhe faziam mimos, não a recebiam mais, sequer em confissão. Ela vivia em pecado. Tornou-se uma desconhecida para sua própria família. Educou sozinha minha mãe. As escolas não aceitaram a menina. Quando Beatriz contava oito anos, a primeira mulher de meu avô adoeceu de uma grave moléstia e morreu. Meu avô esperou seis meses e casou-se com Luísa, sob os protestos de todos que o conheciam.

Tarde demais: o fio que a ligava ao mundo já tinha se rompido. Alheia a tudo, passava o tempo a pentear e vestir minha mãe, dava-lhe banho como se sua boneca. Naquele mundo, nem seu marido podia penetrar. Ernesto sabia, mas esperava que, ao se tornar sua esposa, ela pudesse voltar a si. Enquanto Luísa ressonava a seu lado, ele passava longas horas acordado. Sonhava com a mulher que ela tinha sido.

Perdeu-a para sempre.

Ele tinha quatro filhos da primeira esposa. Luísa era indiferente à presença dessas crianças, exceto quando tentavam se aproximar de minha mãe. Enxotava-os, às vezes, quase gritando. Nos tempos em que andava mais agitada, Luísa chegava a prender sua filha no porão, de medo que seus irmãos lhe fizessem mal. Debruçados sobre o alçapão, os meninos lhe diziam que os ratos iriam comê-la. Os ratos! Os ratos! Os olhos dos ratos brilhavam no escuro! Queriam comê-la, queriam! Um pavor insano de ratos dominou mamãe até sua morte.

A caçula do primeiro matrimônio tinha quatro anos quando meu avô se casou pela segunda vez. Como Luísa era incapaz de criá-la, foi entregue aos avós que, por sua vez, a entregaram a alguns tios que a entregaram a primos que... Cresceu assim, de mão em mão. Como um castigo contra o fantasma da primeira mulher de Ernesto, obstáculo para que o amor se realizasse em plenitude, a menina tornou-se tão louca quanto Luísa. Erra até hoje de sanatório em sanatório.

Beatriz cresceu sozinha. Luísa lhe contava contos de fadas. A menina os narrava para os pássaros do jardim e os gatos da casa. Era perseguida por seus irmãos, que a odiavam e por sua mãe, que a amava obsessivamente. Obrigava a filha a dormir em uma cama a seu lado.

À noite, Ernesto se levantava. Caminhava com cautela. Sentava na cama da menina e acariciava todo seu corpo: os seios, o ventre, o monte de vênus, no princípio, um volumezinho glabro entre as pernas. Enquanto o fazia, ele se masturbava, sempre simulando estar sonâmbulo. A filha apertava os olhos com força. Imóvel. Fingia dormir. Quanto mais o prazer a invadia, mais revolvia preces no pensamento. Tanto medo que Deus a castigasse!

Ernesto voltava para a cama. Deitava. Mergulhava o rosto no travesseiro. A menina o escutava chorar. Um choro convulso, abafado. Ernesto dormia quando os galos chamavam a manhã para enxotar as sombras. Chilreavam os passarinhos, cochichando, uns para os outros, as aflições da menina.

De manhã, não se olhavam, nem se falavam.

O estigma que cercou Luísa em toda a cidade, passou para Beatriz. Mesmo depois que meus avós casaram, filha bastarda, vista com maus olhos nas igrejas e nas festas, péssima companhia para outras moças. O pecado dos pais, sujo o sangue da menina. Meu pai apareceu como um príncipe num cavalo branco. Para salvá-la, levá-la embora para sempre.

Uma promessa de esquecimento nunca cumprida. Herdei de minha avó o amor. O amor infeliz. O amor que se guarda e escapa.

Um pássaro maldito.

O Jantar

Eu o matava em pensamento. Renovava aquela morte a cada instante, com ódio, com toda intensidade que podia alcançar. Enterrava-o vivo. Seu corpo, asfixiado. Cada poro de sua pele coberto de pó. Imaginava-o lutando, esforçando-se para sorver uma côdea que fosse de ar. Eu, que em algum momento quis morrer com ele, só porque o maior amor que conseguia imaginar era aquele que se entregava à morte. Não. Ele não podia mais existir. Tinha que ser enquanto ainda o amava. Era minha a culpa? Eu, que deixei meu mundo para segui-lo? O leite. O leite escorrendo no asfalto. Eu o quis tanto! Queria retê-lo, possuí-lo, guardá-lo.

O filho que ele tanto quis, em meu ventre. Sua voz, seus gestos, seu olhar... Seu pênis dentro de mim, me devorando e me enlouquecendo, multiplicando-se em vibrações na minha pele. Fazer amor eternamente: Pura foda ensandecida. Imanência. Cheiro, som, tato. Deixar de ser, deixar de existir. Me dissolver na escuridão da noite. A noite do meu corpo. Eu o queria! Amava-o tanto que tinha parado de pensar: pensar doía.

(Olhei e vi, os dois juntos, do outro lado da rua. O pacote de leite escapou da minha mão. Plaft! Arrebentou no chão. O susto maior do que eu. Leite escorrendo em minhas pernas, em minhas mãos).

Preparei tudo. Tinha ainda a chave do barracão dele. Telefonei:

– Olha, desculpa. Tá tudo bem. Não quero mais te encher o saco. Vou te devolver a chave, tá? Acabou. Eu sei. Entendi.

– Que bom te ouvir falar assim. Você parecia tão alterada! Fiquei preocupado. Não queria te magoar, juro. Olha, eu tô cansado. Preciso dar um tempo, não quero mulheres na minha vida agora, tenho que pensar um pouco.

Cachorro. Mentiroso. Filho da puta. A terra. A terra em cima dele. Caindo, caindo. Escorrendo pelo buraco profundo. Ele levantava os braços para a superfície, pedia socorro.

– É. Eu também. Quero dizer... também preciso dar um tempo. Acho que a gente foi meio longe demais, né?

– É, mas valeu a pena. Foi divertido, não foi?

"Divertido?" Di-ver-ti-do? Toda a minha vida e foi "divertido"? Não. Acho que a morte era pouco. Instrumentos de tortura desfilaram na minha cabeça. Esquartejar. Arrancar os dedos, um a um. Talvez ele ficasse bem sem nariz. De repente, pensando no nariz, entendi o que ia fazer.

– Puxa, foi mesmo. A gente se divertiu a valer. Pena que essas coisas duram pouco, mas é assim mesmo, não é? Bom, que tal a gente se despedir como bons amigos? Na quinta eu tenho um tempo à tarde: podia dar um pulo aí, se você não ligar.

– Ahnnn... Não, quinta eu não posso. Tenho que trabalhar.

Sei. Não pensei que agora isso chamava "trabalhar".

– Quarta tá bom pra você?

– É, taí. Pode ser.

Passei a semana toda pensando no cardápio: me decidi por lagostas. Lagostas seria perfeito. Frutos do mar, uvas. Nereu e Dionísio, náiade e ninfa. Comprei o melhor vinho que podia pagar. Cheguei bem mais cedo para preparar tudo. Um baque ao entrar de novo na casa que, há algumas semanas, era nossa. Ele também teve uma surpresa desagradável ao abrir a porta e encontrar, como antes, a toalha de linho, os candelabros, enfim, a mesa sofisticada, destoando do aposento rude e simples. Quando entramos na sala despojada pela primeira vez, depois de nos casarmos, ele apertou meu braço, quase me machucando: "Não quero que você leve nada da sua casa. Nada! O que eu não puder comprar não entra aqui." Na época, gostei. Achava que era feliz, mas, com o tempo, vi que as paredes nuas me incomodavam. Um vazio. O vazio. Fechava os olhos: os natais da minha infância. Velas, bolas coloridas, taças de cristal. "Tantos presentes? É tudo pra mim?" Meu avô me rodava no ar.

– Pra quê tudo isso? Achei que você ia só deixar a chave.

– Não se preocupe. Não é nada do que você tá pensando. Só queria me despedir direito, conservar boa minha última lembrança. Afinal, nosso último encontro foi terrível.

– Ah, bem. Então tá. Ele murmurou sem convicção e completou, um pouco embaraçado: – Vou tomar um banho, tá? Tirar esse macacão.

Saiu do banheiro ainda mais inquieto. Contra seus hábitos, completamente vestido. Sentou-se. Dei-lhe a garrafa de vinho. Abriu, sem dizer nada. Brindamos:

– Ao nosso passado!

Compartilhou a contra-gosto da minha euforia. Depois da primeira taça já estava sorrindo. Falei do meu trabalho, disse coisas engraçadas sobre alguns amigos comuns, fingi displicência ao imaginar como iriam receber nossa separação. Morria por dentro. Contei meus planos para o futuro. Acreditei em minhas próprias mentiras. Já parecia embriagada antes de começar a beber. Abri a segunda garrafa. Ele protestou, sem convicção. Estava alegre e loquaz. Ah, como eu adorava aqueles olhos, aquela boca, as mãos que me tomavam com tanta força!

    Com o pretexto de que estava quente, tirei a blusa. Eu, que só fazia amor com as luzes apagadas. Não tinha vergonha. Diante da morte, tudo é permitido. Toda liberdade. Toda. Senti que seria capaz de sair nua pelas ruas naquela noite.

    Ele susteve a respiração ao ver meus seios. Eram os seios de uma mulher que tinha tido uma filha, que a amamentara por muito tempo. Naquele momento, compreendi que não eram feios. Não eram os seios das revistas, eram os meus seios. Meio bêbada, rindo, encostei o copo gelado nos mamilos, e deixei o vinho escorrer sobre eles.

    O leite. O leite escorrendo nas minhas pernas.

    Ele se levantou, cego de desejo. Tomou o copo da minha mão. Puxou meu cabelo, me obrigando a deitar-me no chão. Ajoelhado sobre mim, derramou o vinho em meu colo, em meu umbigo. Bebeu naquela taça minúscula e começou a lamber o resto, como se quisesse comer minha pele. Puxou a saia com força, com calcinha e tudo. Nunca teve paciência. Não tinha tempo, nem sensibilidade para isso.

    Me penetrou com violência, como se nunca tivesse me visto, como uma curra. É isso que você quer, não é? Eu sei! É isso que você quer! Empurrei-o e sentei-me sobre ele, nua. Cavalguei-o até a exaustão. Ele gozou, gemendo.

    O leite. O leite escorrendo dos meus seios. Das minhas pernas. Eu: um reservatório de leite e de porra.

    Ficamos deitados no chão, um ao lado do outro. Ele abriu os olhos, me olhou, amortecido, mas intrigado.

    – Não preocupa. Tudo bem. É normal casais que separam transarem sem querer. Não quer dizer que a gente vai ficar junto.

Grunhiu qualquer coisa. Estava bêbado e cansado. Costumava acordar muito cedo para ir ao trabalho. Levantou cambaleando e se deitou na cama.

Passei muito tempo olhando-o. Decorei cada linha de seu corpo. Observei os pelos, um ou outro sinal nas espáduas. Não sei quanto tempo fiquei ali, ouvindo a cadência regular da respiração, um suspiro pelos lábios entreabertos. Ele parecia tão frágil, tão humano!

Tive pena. Levantei-me para ir embora.

Não. Eu não queria ir embora. Queria fazer o que tinha planejado. Estava lúcida, inexplicável e terrivelmente lúcida. Pensei comigo mesma: por que? Parecia tão estranho agora! Como se estivesse me assistindo e, ao mesmo tempo, vivendo uma realidade tão intensa que eu nem parecia estar lá: era puro ato. Todas as circunstâncias se dissolviam: não conseguia me lembrar quem era, o que estava fazendo ali... só sabia o que queria e devia fazer.

Tirei a pistola da bolsa: já tinha comprado com o silenciador. O vendedor não disse nada. Apenas montou pra mim e me mostrou como usar. O dinheiro escorregou sobre a madeira, a bala, na agulha. Aproximei-me dele. Armei-a bem próxima da sua testa. Esperava que ele se mexesse ou acordasse. Fiquei assim longos minutos. Ele parecia à espera. Parecia querer.

Não percebi quando apertei o gatilho. O sangue espirrou em meu rosto. Em minhas mãos. (O leite. O leite escorria em minhas mãos). Seus braços e pernas se debateram um pouco. Um boneco. Acabou. Só isso? Não era possível que fosse só isso. Não me arrependi. Não tive vontade de fugir. Não senti nada. Sequer prazer.

Peguei a faca em cima da pia. A mancha na testa. Sabia que ele estava morto mas, ao mesmo tempo, não sabia, não sentia. O pênis descansava em cima da perna. Peguei a faca e o cortei.

Era difícil: escorregava, a pele escapava. A faca parecia cega. O sangue corria, grosso e negro.

Preparei o prato no fogo. Uvas e castanhas ao redor. Não tinha muito bom aspecto, mas me pareceu bem com as uvas. Queria mesmo jantar com ele...

Então, fui lá fora, joguei os restos para os cães.

Apaguei a luz sem olhar o corpo e saí. Entrei no carro, acariciei minha barriga. Dei partida. Sentia-me bela, plena, absoluta.

Alimentada.

Reencontro

O tempo. O tempo. Uma mesa, cerimônias. Tantas pessoas ao redor... e ele. Seria mesmo ele? Eu o olhava e me evadia. Não conseguia prestar a mínima atenção às conversas que se desenrolavam. "Ontem morreu meu melhor amigo", ele disse, simplesmente, em meio a palestras sobre cigarros, bebidas, comidas... Dez anos se tinham passado. Ele pega a pá, a terra cai sobre o caixão com um som estranho.

Para ele também tinha sido uma história de amor? me pergunto. Quero reter a imagem do homem que conheci, não esta aqui. Talvez não tenha tido, pra ele, a mesma importância que teve pra mim. Afinal de contas, foram alguns meses, antes que ele partisse.

Ficou uma promessa silenciosa.

Eu quebrei: nunca o procurei.

Me vesti de azul, cor de uma camisola de tantos anos atrás.

"O que foi?" Perguntei, incomodada com o olhar. Ele sorriu. As mãos deslizaram pelo tecido leve em minhas costas. "Gosto da cor". A cor, a cor. O amor poderia ser azul.

Eu o olhava do outro lado da mesa. A menção a um prato me levou a um jantar à luz de velas que ele mesmo preparou. Tive ciúmes dos pratos. Percebi não eram dele.

Perguntei. Eram de uma namorada que se foi e não voltou para buscá-los. Hoje ele está casado com ela. Essas coisas acontecem.

Ameacei quebrar os pratos na cabeça dele ao saber a quem pertenciam. Rimos. Elogiei: "Se você não fosse casado, eu ia querer casar com você." "Mas eu não sou casado, você é que é." Ele me gozou: "Ela já está bêbada, está completamente bêbada."

Os sinais do tempo são visíveis. Ele está mais gordo, talvez o tédio confortável do casamento (me repreendo: eu ousaria ter esse pensamento se ele tivesse se casado comigo?), os dentes escurecidos pela nicotina. Pergunto por que tirou a barba. "Os fios estavam ficando brancos". Penso em como somos tão frágeis.

A nostalgia se desfaz em uma angústia fininha. Quero agarrar a lembrança como quem prefere viver o sonho. Não sinto naquele homem à minha frente o mesmo homem que conheci.

Dói o que ficou congelado no tempo. O encontro paralisado pela partida, na fímbria da plenitude. Sei, porém, que não queria envelhecer com ele, trocar tardes insossas. Sinto, mas é uma constatação breve, coisa de raposa que desdenha.

Recolhida, sorvo as uvas da lembrança. Apanho-as, mas seu sabor tem um resíduo amargo.

"A busca de uma fundamentação última para a filosofia se esvai no nada", ele diz, em sua conferência, cortando meu enlevo em tiras que flutuam, desconexas, pela janela. "É uma ilusão. O conhecimento só pode se amparar no lacunar, no contingente, ou seja, na existência e na história." Na evanescência do acontecimento.

Vivemos. Só. Ousamos viver. O amor se torna então, subitamente, uma nuvem que não consigo mais agarrar.

Nossas vidas derruídas escorrem.

Lúcifer

Eu era uma criança solitária. Perdia horas olhando o pôr-do-sol. Explosão de cores no horizonte. Gritos. Como se os lamentos pudessem tornar-se visíveis. Depois, a lua me inundava de mistério. Parecia comigo, a lua. Envolvia em pensamentos a profusão de estrelas. Desde criança as dúvidas me assaltavam. Eu mergulhava nos livros, conversava com teólogos e religiosos e jamais obtinha as respostas que buscava. Eu queria crer, mas a fé era incompatível com minhas perguntas.

Foi Deus quem inventou a tentação, eu dizia ao padre. Ele horrorizava-se. Por que? Por que Ele fez o homem compartilhar o Paraíso com uma árvore proibida. "Se comerdes do fruto dessa árvore, morrereis." Deus teria mentido? Afinal de contas, não morremos coisíssima nenhuma. Pelo contrário: teria começado aí a humanidade. Comemos o fruto da árvore do Conhecimento e Deus nos expulsou! Ele fez isso porque… se comêssemos do fruto da árvore da vida… nos tornaríamos deuses! Mas por que Deus, que tudo pode, tudo vê, permitiu que comêssemos do fruto proibido? Não teria sido tudo parte do plano de Deus? O padre se horrorizava, mas permanecia em silêncio.

Parei de comer, as dúvidas me obcecavam. Decidi viajar em busca de respostas. Caminhei muito, muito... Atravessei vales e montanhas, cruzei mares, singrei oceanos... e nada. Eu precisava saber mais. Precisava crer em alguma coisa. Não suportava a idéia de que um dia eu ia morrer. Meus pensamentos, minhas lembranças e emoções... então tudo se desfaria no esquecimento? O que havia depois da morte? O nada? Eu não agüentava a idéia da minha finitude.

Talvez toda minha angústia não passasse de narcisismo.

Um dia, depois de atravessar, muito cansado, um país assolado pela guerra, adormeci e sonhei que encontrava um velho sábio que olhou para mim e disse: "Filho, estás fazendo o caminho errado: Não é a Deus que deves fazer estas perguntas, mas ao Diabo. Foi o Diabo quem colocou tantas questões em tua alma. Deus nos concedeu o livre-arbítrio, a escolha, mas é o Diabo quem nos dá o conhecimento."

"Mas por que o Diabo faria isso?", perguntei, atônito.

"Ora", respondeu ele, como se minha pergunta fosse estúpida, "justamente para que o homem possa questionar a si mesmo e ao seu Criador".

"Mas onde encontrar o Diabo", continuei, "se não encontrei nem Deus, de quem se diz que está em toda parte?"

Um arrepio perpassou minha espinha quando ouvi a resposta: "o Diabo também está em todas as partes e nenhuma, está no sofrimento quotidiano, na indecisão da vigília, no horror dos pesadelos, mas... para encontrá-lo é preciso ir ao Inferno!"

Respirei fundo e hesitei por um momento. Depois compreendi que não havia volta: já não podia abandonar meu caminho. Decidido, perguntei ainda: "Mas como posso encontrar o Inferno?" O velho respondeu: "O Inferno é um território interminável, de contornos indefinidos. Como Lúcifer, seu Senhor, possui impreciso e alarmante perfil." Mal terminara de falar, desapareceu.

Prostrei-me ao chão, desolado. Então, estivera tão próximo de minhas respostas e perdera a chance de obtê-las? Chorei longo tempo, acordei com a camisa inteiramente molhada. Ao anoitecer, decidi partir. Estaria mesmo acordado ou sonhava? Caminhei pelas faldas da noite, em busca do caos primordial. Tão forte era meu desejo que, de repente, tomado por uma repentina vertigem, caí no abismo, mergulhei na escuridão do nada.

Atravessei, em um único e longo pesadelo, os rios que nos separam do Inferno: o Estige, águas onde reluzia o ódio; o Aqueronte, rio da dor, impenetrável aos olhos, as águas negras cruzaram meu corpo com suas espadas invisíveis. Eu gritava ainda, o corpo dilacerado, quando meus ouvidos ensurdeceram com os lamentos sem nome e sem rosto do Cócito. Mas foi no Flegeton, o rio da insatisfação – o *meu rio* – onde quase me deixei ficar, enlouquecido de ira e revolta.

Então, de repente, deixei-o para trás. Foi como se tudo estivesse imóvel: fui tomado por uma melancolia infinita, tão infinita que esqueci meu nome, minha identidade. Atravessava o Lethes. Só então senti que alcançava, semi-desmaiado, terra firme.

Cheguei em uma terra árida, dominada por uma tormenta espantosa. Eu tinha frio, um frio que fazia o sangue congelar em minhas veias. Mal tocavam o solo, as gotas e o granizo da tempestade voltavam a subir do chão, formando esculturas vítreas, estalagmites. Eu tinha a impressão de que eram mulheres, alçavam-se como línguas de fogo. Mas, quando tocava essas labaredas sensuais, percebia que não passavam de gelo e fúria.

Eu tive medo e quis partir, mas lembrei-me da travessia

tão difícil dos rios terríveis que cercavam aquele país desolado. Desisti de ir embora. Do fundo da inconsciência, lembrei-me que estava em meio a um pesadelo. Mas quem pode dizer a diferença entre a realidade e o sonho?

Acordei com alguém tocando minhas costas. Levantei-me, assustado. Tinha dormido na rua, como um andarilho embriagado. Calmamente, ele me pediu fogo, olhando-me nos olhos. Perguntou se eu não queria tomar um trago. Eu o segui, não sei se por curiosidade ou cansaço. Levou-me à sua casa. Entramos em uma sala magnífica e sombria. Os móveis envoltos em lençóis. Contou-me que estava mudando. Mudava muito, ele disse, pensativo... Teria dito que se metamorfoseava? Não sei. Uma tristeza infinita em seu olhar.

A sala era impressionante de tão cálida.

Reparei em seu rosto, iluminado pela luz bruxuleante do candelabro. Como era belo! Pálido e melancólico... Sua boca... Sua boca me enlouquecia, ali, a centímetros da minha. Antes, eu nunca tinha tido desejo por outro homem, mas ele, ele era irresistível...

No entanto, de repente... de repente vejo que... há algo de errado em sua aparência... Um brilho estranho passa pelos olhos de quando em quando...

Dizem que Deus concedeu que as almas precavidas pudessem sempre reconhecer o demônio de algum modo, porque ele traria sempre uma imperfeição qualquer. Uma marca de sua origem.

Eu queria e não queria que fosse Ele. A hipótese de estar diante Dele me fascinava...

Um sopro gelado perpassou minha espinha.

Como se estivesse apenas brincando, perguntei-lhe se ele era o demônio. Ele soltou uma sonora gargalhada: "Eu? Ora que bobagem! O diabo não existe! Não passa de uma invenção dos homens pra justificarem suas vilanias, suas torpezas."

Ri também e acreditei nele por um momento. Depois, voltou mais forte meu arrepio. Lembrei-me do conto do *Spleen* de Baudelaire: a maior astúcia do demo é nos convencer de que ele não existe.

Eu disse, desafiador: "Bem, afinal de contas, duvidar do Diabo não é também duvidar de Deus? Não há esse lugar-comum, o Bem só existe porque há o Mal, e as trevas porque há a luz? É preciso que o Diabo exista para que as virtudes divinas se revelem…"

Ele ficou impassível, mas percebi que meu comentário o irritara. Encheu meu copo até a borda e, murmurou, secamente: "Todas as palavras são lugar-comum".

Sem cerimônia, convidou-me ao jogo.

Ofereceu-me o vinho mais inebriante que jamais tomei, curtido em um odre pardo, antiquíssimo. Uma partida de xadrez.

"Não sei jogar", eu disse, embora fosse jogador exímio. Ele sorriu com ar de quem tudo sabe, tudo vê.

Devagar, calculadamente, levantei o peão no ar…

Enquanto jogávamos, silenciosos e concentrados, eu escutava uma história, mas nenhuma palavra saía de seus lábios.

* * *

No início dos tempos, era eu o filho dileto. Sempre à direita de meu pai. O anjo que o aconselhava e ouvia seus lamentos sobre os descaminhos de sua criação. "Por que lhes dei a liberdade?", perguntava-se o senhor Deus, meu pai, "se não estavam preparados para recebê-la?"

Às vezes, se enfurecia e me enviava à terra para tentar mudar o curso das coisas, corrigir os males da humanidade.

Onde foi que me perdi? Não sei. Penso sempre que a culpa é de meu pai. Ele me concedeu esse poder, talvez por temor de misturar-se aos homens, de deixar-se fascinar por suas mesquinhas questões.

Como eu também me fascinei. Eu amei os homens, me apiedei deles, invejei sua inconseqüência, seus prazeres.

À força de conhecê-los tão bem, senti que minha natureza de anjo humanizava-se...

Demorei a perceber que a matéria diáfana de que sou feito – minha carne de anjo – se transformava. Meus sentidos... vibravam! Algum estranho tipo de sangue começava a correr em minhas veias.

Foi por amor, foi por amor que tudo começou.

Tantas vezes tive que socorrer os homens e interceder por eles junto de meu pai!... que dominasse seu juízo implacável...

"Eles não sabem o que fazem, pai! Tu lhes deste o livre arbítrio, mas não lhes ensinastes a usá-lo! Como hão de aprender senão experimentando os vícios e as virtudes? Como hão de saber se só conhecem aquilo que vêem? Como hão de lutar pelo que não vêem? Pela promessa de um paraíso?"

O Bem, o amor... Como queres que alimentem esses sentimentos, se deixastes que conhecessem também o mal, o egoísmo, a competição?

Todas essas palavras, e outras ainda, eu dizia a meu pai.

Cheguei a chorar em seus joelhos, que tivesse misericórdia pelos mais incautos. Fui eu o primeiro Filho de Deus Pai que se apiedou dos homens! Eu merecia ser o Deus adorado por eles, no lugar do meu pai!

(Quase tive pena dele quando me disse isso, mas sabia que o que ele queria era enganar-me, turvar meus pensamentos, desviar minha atenção do jogo intrincado.)

De tanto compreender os homens, fui me tornando um deles.

Percebia em meu ser todos os desejos ignóbeis que os dominavam: a cobiça, o orgulho, a inveja...

Mas não deixava de ser anjo e, como anjo, possuía o poder!

Conhecia a fragilidade de meu pai: guardar a eternidade, proteger dos homens a árvore da vida, pois, se a comessem, virariam também deuses. Sabia que, de alguma forma, meu pai também os temia.

Pensei: fazer como Prometeu? Dar-lhes de comer o fruto da árvore da vida escondido de meu pai? Cheguei a pensar nisso, mas... não!

Já me tornara demasiado humano! Não podia torná-los deuses. Não podia? Não. Eu não queria!

Queria ser tão poderoso para eles como meu pai, mas...

Se chegasse a ser um Deus para eles, não os impediria de viver, de terem prazeres, desejos, tudo o que os fazia tão barulhentos, irresponsáveis, mas tão sublimes, dominados por contradições e angústias.

Eu compreendia porque Ele os havia criado.

Como deve ter-se entediado, meu pai, com a eternidade! Quando não havia ninguém, ele era o UM, o todo, o infinito bem.

Era preciso criar outros seres para superar a solidão. Mas era preciso fazê-lo controladamente. Por isso, o pai concedeu-lhes o conhecimento, mas cuidou para que não se tornassem deuses, para que não comessem também da árvore que lhes daria a eternidade. Não devia haver oponentes. O senhor Deus não queria pôr no mundo um Ser tão poderoso quanto ele.

Mas eu estou aqui. Eu vi e compreendi. Percebi que podia ser esse Outro, ainda mais poderoso que meu pai!

Se isso acontecesse, eu... o destruiria? Será possível destruir o que é eterno? E o que ocorreria ao universo se meu Pai desaparecesse?

Quem pode saber? Não. Eu o deixaria existir ainda, confinado nos mais distantes horizontes do mundo, obrigado a disfarçar-se e a rastejar para não ser visto.

Mas não foi assim que as coisas se passaram. Não foi o que aconteceu.

Tinha aprendido com meu pai as artes mais refinadas da sedução. Seduzi outros anjos a meu favor. Não foi difícil convencer os corações dos mais jovens, ansiosos por vida e aventuras. Mas... antes mesmo que meu exército se levantasse, Ele descobriu tudo! Ele vê e ouve tudo! E sua fúria foi tão intensa que sucederam-se dilúvios e cataclismas. Alguns dos anjos julgaram que Ele iria extinguir tudo que criara. Mas estavam enganados.

Eu sabia que o que mais O torturava era a dor.

Eu sou a dor de Deus!

(Ele levantou os olhos tristes: ruminava, pela eternidade o seu desconsolo. Eu sabia que Deus lhe tinha negado a única coisa que poderia modificar sua condenação: a capacidade de amar. Só assim ele desceria, pelo amor, do gigantesco trono de sua solidão e orgulho).

Sim, eu sou a dor de Deus.

A dor de se ver traído pelo anjo que mais amou. Quantas vezes ele acariciou minha cabeça deitada em seus joelhos e beijou os cachos dos meus cabelos?

Todo amor de meu pai transformou-se em ódio. Quase achei que me mataria... Mas ele sabia que, se me matasse, ele próprio se tornaria o Senhor do Mal... E não era eu esse Outro, que há tanto tempo ele esperava?

Sim, ele sabia que sim.

Eu era um oponente à sua altura. No fundo, Ele se orgulhava de mim, de ver que eu ousava desafiá-lo.

Então, vivemos um combate terrível, final, em que um de nós dois inevitavelmente sairia vencido...

Em meio a esse combate encarniçado, justo no momento em que eu julguei que estava vencendo, ele me confundiu com um abraço...

...que abraço! Eu sentia seu corpo junto ao meu, a respiração ofegante... O sopro capaz de dar vida a qualquer ser inanimado sobre a terra...

Nesse momento, então, quando julguei que meu pai, enfim, me perdoaria... Ele...

... lançou-me no abismo!

* * *

Subitamente, sem transição, como se houvesse uma droga poderosa na bebida que estávamos ingerindo, o tabuleiro de xadrez pareceu crescer. As casas brancas e negras formavam o assoalho da sala. Nós dois ali, a nos entreolharmos, tensos e excitados pelo jogo.

Quando meu rosto e o dele estavam tão próximos que eu quase sentia o sabor de sua língua em meus lábios, retornei da vertigem. Vi-me de novo concentrado, como ele, diante do tabuleiro de xadrez. Porém, as alucinações não terminaram. Mergulhado no jogo, mas atônito, comecei a ouvir a voz de uma mulher:

Rosas em meu peito, rosas... Meu corpo ardia em chamas, tanto desejo, tanto!

Ele me escolheu! Sua, sua! Eu acariciava sua orelha com minha língua: sempre te quis! Sempre! Sempre! Minha vida não tem sentido sem tuas visitas noturnas. Da primeira vez, foi em sonho, penetrou-me como ninguém antes... me enlouqueceu de paixão, mas, de repente, entendi. Ele! Ele! O que ataca as mulheres casadas, o que engravida irmãs de caridade com o sêmen dos cadáveres. Ele, o mais intenso amante de que já se teve notícia. Eu tive horror e gritei e tranquei minhas pernas. Impedi-lo! Louco de dor e raiva, ele preferiu ir embora. O que Ele queria era o meu querer, que Eu o quisesse. Baixou os olhos, sacudiu no ar os longos cabelos que acariciavam meus seios e partiu. No dia seguinte, acordei com hematomas arroxeados cobrindo todo meu corpo, como se tivesse levado uma surra. Meu corpo inteiro doía. Meu marido percebeu. Dor e ódio em seus olhos. Os dias passaram. Eu não parava de pensar nele. Não parava. Eu queria que ele voltasse, queria que me quisesse. Que fizesse comigo tudo o que não teve tempo de fazer. Me devorasse e me enlouquecesse. O meu gozo vai calar os mares, fazer girarem os ventos, apagar as estrelas. O meu gozo... e o Dele! Volte! Volte! Eu pedia: eu te quero! Volte!

Parei de ouvir a voz da mulher, minha cabeça rodava. Eu bebia com cautela, em pequenos goles, mas sentia-me completamente embriagado. Temia perder a destreza no jogo. O vinho inebriante, contudo, não me atrapalhava, ao contrário, me aguçava os sentidos, dava-me a mais intensa sensação de poder que eu jamais experimentara. Era impossível vencê-lo. Para cada movimento ele tinha uma resposta rápida e certeira. Eu tinha a sensação de que ele lia meus pensamentos, antecipava meus desejos. Tinha os olhos febris, meu rosto ardia.

Em um dado momento, ele não se conteve e riu. Percebi, então, com um arrepio a me atravessar a espinha, que era ele quem me inspirava cada uma das jogadas que eu fazia.

Tentei driblar sua influência sobre mim. Em vão.

Então, como eu já esperava, ele propôs: "O jogo está muito entediante assim, porque não colocamos um prêmio? Vai ficar muito mais excitante."

"Que prêmio?" Perguntei, a voz embargada pelo vinho, mas já conhecia a resposta. Ele sorriu, colocou a mão em minha nuca e aproximou a boca do meu ouvido. Senti o hálito quente em meu pescoço: "Sua alma."

Tive de novo desejo de beijá-lo.

"Sim, é claro, minha alma...", repeti com pouco caso (que importa a alma, essa coisa tão incômoda e incorpórea, quando

estamos vivos. Tinha lido isso em algum lugar) "Mas e eu, se ganhar, o que recebo em troca?"
"As maiores riquezas que possa haver no mundo."
"Não é o bastante. O que mais pode me oferecer?"
"O conhecimento, então, ser tão sábio como Fausto chegou a ser."
"Não, eu quero mais!" Quase gritei. Minha cabeça girava: uma absurda volúpia de poder, mais poder.
"Viagens, loucuras, prazeres?" Ele ria, sarcástico. Na certa já tinha enjoado de tudo isso.
Eu disse: "Não. Eu quero mais, quero superar a finitude. Quero ser eterno. Um anjo como você. Mas um anjo negro. Não quero estar subordinado a nada e a ninguém. Quero o poder entre os homens, quero ser...
Ele parou diante de mim, a fronte ameaçadora, o olhar fuzilava.
– "Quero ser... Você! Se ganhar, quero seu lugar."
Estimulei sua vaidade, ele ficou muito excitado:
"Pois joguemos, então. Veremos se consegue suplantar o Príncipe das Trevas!"
Jogamos incansavelmente por dias a fio, ou meses, não sei. Já não sei mais. Nos conhecemos tanto! A tal ponto que nos tornamos a sombra um do outro. Mas *Eu* ganhei. Eu ganhei e ele cumpriu sua promessa. Sua história tornou-se minha história. Hoje não sei se foi ele quem inspirou minhas jogadas, cansado de ser quem era.
Agora, que tantos anos se passaram, talvez séculos (que importam as medidas humanas para quem é eterno?), tenho dúvidas: fiz a escolha certa? Estou só. Incrivelmente só. Tenho tudo, posso tudo, mas... o que desejar quando se tem tudo?
Então entendi que só havia uma coisa a desejar, justamente aquela que recusei e perdi para sempre: a morte! Eu quero morrer!...

Então compreendi qual tinha sido o maior castigo que Deus deu ao Diabo: a eternidade.

Hoje, as cores agonizantes do sol são meus lamentos espalhando-se pelo firmamento. Só o que mantém minha lucidez é a esperança de morrer um dia.

Quem sabe?... Será que um dia esse Criador ressentido terá misericórdia de seu Anjo Negro?

FIM

Título	Sudário
Autora	Guiomar de Grammont
Produção Editorial	Aline Sato
Capa	Tomás Martins
Editoração Eletrônica	Aline Sato
	Amanda E. de Almeida
Formato	14 x 21 cm
Tipologia	Minion
Papel	Pólen Soft 80 g/m² (miolo)
	Cartão Supremo 250 g/m² (capa)
Número de Páginas	136
Fotolito	Liner Fotolito
Impressão e Acabamento	Gráfica Vida e Consciência